U0490715

共和国故事

农业动力

——第一拖拉机厂建成与东方红拖拉机下线

于　杰　编写

吉林出版集团股份有限公司

图书在版编目（CIP）数据

农业动力：第一拖拉机厂建成与东方红拖拉机下线/于杰编. —长春：吉林出版集团股份有限公司，2009. 12

（共和国故事）

ISBN 978-7-5463-1890-5

Ⅰ. ①农… Ⅱ. ①于… Ⅲ. ①纪实文学－中国－当代 Ⅳ. ①I25

中国版本图书馆 CIP 数据核字（2009）第 237737 号

农业动力——第一拖拉机厂建成与东方红拖拉机下线

NONGYE DONGLI　DI YI TUOLAJICHANG JIANCHENG YU DONGFANGHONG TUOLAJI XIAXIAN

编写　于杰

责任编辑　祖航　黄群

出版发行　吉林出版集团股份有限公司

印刷　三河市嵩川印刷有限公司

版次　2010 年 1 月第 1 版　2022 年 1 月第 8 次印刷

开本　710mm×1000mm　1/16　印张　8　字数　69 千

书号　ISBN 978-7-5463-1890-5　定价　29. 80 元

社址　吉林省长春市福祉大路 5788 号

电话　0431－81629968

电子邮箱　tuzi8818@126. com

前　言

自1949年10月1日中华人民共和国成立至今，新中国已走过了60年的风雨历程。历史是一面镜子，我们可以从多视角、多侧面对其进行解读。然而有一点是可以肯定的，那就是，半个多世纪以来，在中国共产党的领导下，中国的政治、经济、军事、外交、文化、教育、科技、社会、民生等领域，都发生了深刻的变化，中国人民站起来了，中华民族已屹立于世界民族之林。

60年是短暂的，但这60年带给中国的却是极不平凡的。60年的神州大地经历了沧桑巨变。从开国大典到60年国庆盛典，从经济战线上的三大战役到经济总量居世界第三位，从对农业、手工业、资本主义工商业的三大改造到社会主义市场经济体制的基本确立，从宜将剩勇追穷寇到建立了强大的国防军，从废除一切不平等条约到独立自主的和平外交政策，从“双百”方针到体制改革后的文化事业欣欣向荣，从扫除文盲到实施科教兴国战略建设新型国家，从翻身解放到实现小康社会，凡此种种，中国人民在每个领域无不留下发展的足迹，写就不朽的诗篇。

60年的时间在历史的长河中可谓沧海一粟。其间究竟发生了些什么，怎样发生的，过程怎样，结果如何，却非人人都清楚知道的。对此，亲身经历者或可鲜活如昨，但对后来者来说却可能只是一个概念，对某段历史的记忆影像或不存在，或是模糊的。基于此，为了让年轻人，特别是青少年永远铭记共和国这段不朽的历史，我们推出了这套《共和国故事》。

《共和国故事》虽为故事，但却与戏说无关，我们不过是想借助通俗、富于感染力的文字记录这段历史。在丛书的谋篇布局上，我们尽量选取各个时代具有代表性或深具普遍意义的若干事件加以叙述，使其能反映共和国发展的全景和脉络。为了使题目的设置不至于因大而空，我们着眼于每一重大历史事件的缘起、过程、结局、时间、地点、人物等，抓住点滴和些许小事，力求通透。

历史是复杂的，事态的发展因素也是多方面的。由于叙述者的视角、文化构成不同，对事件的认知或有不足，但这不会影响我们对整个历史事件的判断和思考，至于它能否清晰地表达出我们编辑这套书的本意，那只能交给读者去评判了。

这套丛书可谓是一部书写红色记忆的读物，它对于了解共和国的历史、中国共产党的英明领导和中国人民的伟大实践都是不可或缺的。同时，这套丛书又是一套普及性读物，既针对重点阅读人群，也适宜在全民中推广。相信它必将在我国开展的全民阅读活动中发挥大的作用，成为装备中小学图书馆、农家书屋、社区书屋、机关及企事业单位职工图书室、连队图书室等的重点选择对象。

编　者

2010 年 1 月

目录

一、确定厂址

二、施工建设

三、投产使用

目 录

一、确定厂址

●薄一波说："一个重要项目的厂址，要有几个甚至十几个方案，经过反复踏勘比较后才能确定下来。"

●1953年8月中旬，一拖筹备处派席光平，矿山机器厂筹备处派焦裕禄，共同带领一个测量队前往郑州，对当地的建厂条件进行考察。

●毛泽东幽默地说："洛阳九个朝代的皇帝都住了，还放不下一个拖拉机厂？"

李富春赴洛阳考察厂址

1953年，新中国百废待兴之际，第一机械工业部举全国之力，从上海、长春等地抽调专家技术人员，在苏联专家的指导下，杨立功等“垦荒者”开始筹建第一拖拉机制造厂。

开始为了保密，对外代号叫081厂，所以一拖筹备处也就称081筹备处。

1949年以前，中国没有拖拉机工业，但拖拉机工业对国家农业生产率的提高，特别是对新疆、东北等国营农场的建设与发展，有着极为重要的意义。

“耕地不用牛”，是中国农民多少年来近乎童话的期盼。新中国建立初期，百废待兴，但资金匮乏。中央为了中国的农业发展，还是咬牙拿出4亿多元，从外国进口了2.8万台拖拉机，首先供东北、新疆等国营农场使用。

但是，这些拖拉机对新中国80多万个村庄来说，无疑是杯水车薪。

因此，在第一个五年计划时，国家就决定请苏联帮助我国设计和建设拖拉机厂。

1953年2月，第一机械工业部汽车工业管理局成立了新厂筹备处，开始了第一拖拉机厂厂址的选择与筹建工作。

拖拉机作为农用工具，适宜于华北、东北平原的旱地和西北地区的军垦使用。因此，筹备处根据农业部建议和消费地就近的原则提出：

> 厂区应在这三个地区中选择，又因拖拉机厂和国防工业关系密切和拖拉机的体积庞大，运输困难，为此必须选在较安全而又靠近铁路沿线的地区为宜，初步选定哈尔滨、石家庄、郑州及西安四地作为建厂可能地点。

在对80多个城市100多个村镇考察之后，当时的国务院副总理李富春，遇到了一个不大不小的难题：哈尔滨、石家庄、西安、郑州、洛阳等城市，都希望把中国第一个拖拉机厂建在自己的城市里。

其中，哈尔滨的条件最好，一方面该区域农业合作运动的推行较早，因为大量荒地亟待开垦。据中央农业部统计，仅北满即有5000万亩，适宜于建立国营农场。东北将来使用拖拉机较多，厂址在该地，运费最为节省。

另一方面，中央燃料部意见：

> 东北工业条件较好，配合便利，电力供应也不甚困难，国防条件处在后方腹地，较为安全，而且东北建设经验多，建筑工人质量可能

高些，但气候寒冷、建设施工季节短且任务繁重，施工力量可能受到限制。

国家“一五”计划的基本原则之一是改变国家工业布局不平衡，兼顾落后地区的发展，而定址哈尔滨，不符合这个基本政策。中央指示：

全国工业分布上均集中东北亦不甚妥善。

石家庄地处在华北中心，与东北和西北的距离都适中，运费较低。石家庄邻近天津、上海、太原工业区，附件生产配合也较方便，电力供应增加设备也较其他地区为便利，施工受气候限制也少。同时，该厂在石家庄，从全国工业分布上也较均匀。

郑州经济条件和石家庄相似，但据电业总局意见，电力供应较为困难，国防条件则较石家庄稍好一些。而西安除国防条件外，均为不利。

因此，当时认为：经济条件上以哈尔滨为最上，但从工业分布上及其他各方面综合研究，则以石家庄设厂最为恰当。认为设厂在石家庄最为有利，但国防条件应加考虑。

交通运输便利、邻近附件工业的配合和国防的安全，是筹备处选厂的三个因素，其他自然条件除非显著不利，则非重要因素。

在当时的国内国际环境中，国防安全是中央工业布局的一个重要原则。

正如薄一波在《若干重大决策与事件的回顾》中所说：

一个重要项目的厂址，要有几个甚至十几个方案，经过反复踏勘比较后才能确定下来。

拖拉机厂是准军工的企业，石家庄国防位置显然不太合适。从国防安全考虑，中央指示在中原地区的河南省选择厂址。

于是，1953 年 7 月，新厂筹备处即在郑州、洛阳、偃师、新安、陕州五地进行踏勘，收集资料。

1953 年 7 月，在洛阳的西郊西工、东郊白马寺一带和洛河南进行了踏勘，终因古城遗址和古墓太多而放弃。

10 月，将踏勘的重点转到郑州，先后在郑州的贾鲁河、三官庙、三角地带进行实地踏勘，但因地下水位高，区域狭窄，没有发展余地而被否决。

同时，在国家安全方面，郑州不如洛阳。郑州到洛阳铁路不过 120 公里，却要穿过 9 个隧道，比较有利于防御。

郑州处在平原之上，而洛阳处在盆地之中，四周山河拱卫。所谓“左虎牢、右函谷，背枕黄河，面对伊阙”，洛阳还处在中国大陆 1、2 级台阶处，战略位置重要。

1932 年“一·二八”事变后不久，国民党中央政府为避战乱，曾把洛阳定为行都，直到抗战结束也未取消。

抗战爆发后不过一年，郑州就陷落了，而洛阳在抗战结束前一年才陷落。

中共中央作决策时，抗战结束还不到 10 年，已经爆发的朝鲜战争使对国防的考量更为重要。抗日战争前，国家的工业全部集中在沿海，以至于退居西南后，国家已经没有了可以支持战争的工业。

因此，发展中西部是“一五”重点项目的一个重要考量。据此，中央认为，洛阳更符合社会主义工业布局的原则。

1953 年年底，李富春专程来到郑州、洛阳等地，进行详细考察。

经论证确定在洛阳建厂

1953 年 6 月的一天，时任汝阳县县长的席光平正在农村调查生产情况。此时，他突然接到通知，要他迅速前往洛阳地委集中报到。要去干什么，通知上没有讲。

席光平赶到地委后，发现前来报到的还有伊川县县长宋彪等，有关领导并没有细说什么，只是让他们等候安排。

到了 7 月 12 日，大家心中的谜团才被解开：省委和第一机械工业部中南办事处联合召开会议，向大家通报，国家要在河南开始建设由苏联援助的多项重点工程，包括第一拖拉机制造厂、矿山机器厂等。

会议已经说明，紧急抽调席光平他们来，就是要参与这些项目的选址、筹备和建设。

在这次会议上，多项重点工程的筹备处宣布成立，前来集中的各地干部都分配了新的岗位。其中，席光平等 60 余人被分进第一拖拉机制造厂筹备处。

随后，他们又获悉，早在 1953 年 2 月，一机部汽车工业管理局就成立了新厂筹备处，曾对哈尔滨、石家庄、西安等地进行了考察。

但是后来，党和国家考虑到整个工业布局的平衡、国防安全等，指示在中原地区的河南省选择厂址，其中对洛阳尤为重视。

一拖筹备处人马刚刚到位，便立刻紧锣密鼓地开始工作。

在 1953 年 7 月 13 日，筹备处全体人员分为两拨儿：一拨儿 30 余人由马捷带队，外出考察学习筹建工厂经验；一拨儿由杨立功带队，于当天乘车赶到洛阳，进行前期准备。

在当时，洛阳城市基础很差，人口不到 10 万，所谓的工业只是几家小修理厂，人们用“道路不平，电灯不明，电话不灵”这三句话来形容它。

而且，由于时间仓促，洛阳方面起初仅给筹备处准备了一批空房子，地点在老城马市街、东华街等处。

很快，由苏联专家拟定的选厂建厂资料收集纲要下来了。一拖筹备处和随后赶到的矿山机器厂筹备处，立刻成立联合资料收集办公室，地点在老城凤化街和贴廓巷。

席光平当时被分配到该办公室的气象水文组，他和同事们一看到资料收集纲要都蒙了！因为上面所列的内容不仅十分繁杂，包括资源、水文、气象、地质、交通等多个类别，而且要求极严。

仅所需要收集的气象中的气温一项，就要求必须收集到最近 15 年之内每天的最高气温、最低气温、平均气温，不得有一天中断。

大家查阅洛阳旧中国时期的档案资料，相关的内容根本没有。洛阳南关外有一个旧社会留下来的小气象站，可记录十分有限，还断断续续的。

大家下定决心，困难再大，也要想方设法克服。联合资料收集办公室派出多批人员，前往黄河水利委员会、长江水利委员会等单位，收集各种资料，然后汇总成册。

当时，洛阳的地震资料根本没有，可收集纲要对这一项又格外重视。

无奈，席光平就带上干粮，沿着洛河、涧河步行到谷水，沿途向百姓查访洛阳历史上的地震情况。

为了摸清洛阳的地质状况，他们甚至邀请马坡、塔湾一带在旧社会以盗墓为生的“盗墓贼”，让他们用探铲来帮着探明有关区域的土质和地层结构。

在当时，选址工作并不局限在洛阳一地，郑州、偃师、陕县、新安等地都曾作为考察对象。

1953 年 8 月中旬，一拖筹备处派席光平，矿山机器厂筹备处派焦裕禄，共同带领一个测量队前往郑州，对当地的建厂条件进行考察。

他们租住在郑州车站附近的一个小旅社里，每天骑着毛驴往来奔波，先后完成了对冉屯、三官庙等地的深入调查，拿到了众多有价值的数据。

通过调查发现，这里为沙质土地，承压力不好；地下水位高，通常挖一米多就见水。这些调查内容，对后来一拖、矿山机器厂等大厂最终选址洛阳，都产生了重要影响。

1953 年 9 月下旬，席光平被一拖筹备处调往北京，担任筹备处驻京办主任。在这个新的岗位上，他接触到了更多的信息和情况，也见证了一拖选址洛阳涧西一波三折的复杂经历。

一拖选址最初的一次重要争论，是关于在洛阳西工一带设厂是否恰当。

1953 年的 9 月、10 月间，根据前期调查，结合一机部汽车局的意见，东起老城西关，西至涧河，北到陇海铁路，南至当时存留的西工兵营的开阔地区，被作为一拖选址区上报审批。

大家经过调查发现，这里土质好，居民少，铁路接轨方便，也容易和老城连为一片，建厂相对来说比较经济。

审批手续十分顺利，没想到在空军司令部出了问题，他们的意见是：

> 洛阳净空良好，宜于建设一级机场，不同意在洛阳建厂。

筹备处的人急忙和他们深入沟通，阐明在洛阳建设大厂的重要性，人家才同意了。

他们本以为不会再有麻烦了，谁料文化部传出了最强烈的反对声。

时任文化部社会文化事业管理局局长的著名作家、

学者、翻译家及史学家郑振铎坚决不同意，理由是所选厂址地下有周王城的遗址，一旦建厂，将被严重破坏。

国家计委为此专门召开讨论会，席光平也参与了。

会上，郑振铎拿出多种史料为据，慷慨激昂地发言，坚决反对在洛阳西工一带建厂。

郑振铎大声疾呼：

> 我们中国几千年的历史，就要靠这个地方说话。不能经我们这辈人的手，把中国几千年的历史葬送了。不然，子孙后代将来要骂我们！

后来，国家接受了文化部及郑振铎的意见，决定不在洛阳西工一带选址建设一拖等大厂。

筹备处的选址工作只好转变方向，开始对洛河南、涧河西、白马寺一带地区进行勘察测量。

同时，筹备处还不断抽派人员，对郑州贾鲁河以西地区进行重点调查，最后形成了两种意见：

一种坚持要在洛阳建厂，理由是洛阳地理位置重要，地质、气候等条件好。

另一种主张在郑州建厂，理由是交通便利，工业、公用事业基础好，城市可利用的条件比洛阳要优越许多。

当时，苏联专家的意见，更倾向于在郑州兴建第一拖拉机厂。

两种意见各具优劣，怎么办？

1953 年 11 月下旬开始，鉴于以上考虑，又将力量逐步集中在洛阳涧河以西的厂区。这里终于摆脱了古城遗址和古墓的困扰，其他建厂条件也都符合。

随后，中央有关部门就第一拖拉机厂选址问题进行讨论，最终作出决策：

在洛阳建厂最适合。

1953 年 12 月，国家财政经济委员会副主任李富春到洛阳考察了建厂条件，并于 1954 年 1 月 8 日向毛泽东主席作了汇报。

毛泽东批准建立一拖厂

1954年，新中国开始了大规模的经济建设，但中国第一拖拉机厂的厂址还没有最后敲定。

洛阳涧西，禾苗青青，野兔奔突。在1000多年前，这里曾是隋炀帝的皇家御苑。洛水东去，桃红柳绿，年复一年，时间在这块英雄辈出的土地上，沉睡不醒。

1954年1月8日，李富春将第一拖拉机厂选址情况向毛泽东作了汇报，他补充说："有的专家说洛阳城市太小，中间还把筹建处搬到郑州过一次，说是打算在郑州京广铁路和陇海铁路交叉处的平原三角地带建厂。"

毛泽东听到这里，幽默地说：

洛阳九个朝代的皇帝都住了，还放不下一个拖拉机厂？

当时洛阳只有9万多人，且工业基础薄弱，毛泽东为一拖选址在这里，出于两方面的考虑：从国防角度，洛阳处于中原内地，四周是山地，利于战备；另一个原因是从全国工业布局来考虑，各个地区工业要均衡发展。

毛泽东一语定乾坤。消息传到洛阳，大家更是欢欣鼓舞。那段时间，席光平还陪同张逢时去向苏联专家斯钦斯基报告了中央这一决定。

这位主张在郑州建厂的苏联专家很有意见，追问究竟为何要选址洛阳，张逢时说："我们选洛阳还考虑到国防安全和战备需要。把厂设在洛阳，将来一旦有战事会安全许多！"

随后，根据中央指示，一拖筹备处集中力量，对洛阳的相关地区进行重点调查。

洛河以南地区，虽然地势平坦，但中心有大渠通过，地下水位高，居民点也比较稠密，搬迁困难。更棘手的是，大厂铁路接轨需要建设洛河铁路桥，不仅要加大投资，而且非短期内所能解决，因此只能放弃。

白马寺一带，铁路接轨方便，但勘探中发现大量古墓，层层叠压，地基处理非常困难，因此也只好作罢。

比较而言，最理想的是涧河以西地区，这里虽然距离老城约 8 公里，但一片原野，洛潼公路穿行其间，铁路接轨也十分方便。

于是，国家计划委员会于 1954 年 2 月 20 日，以计发字 116 号电，正式决定拖拉机制造厂在洛阳市涧河西部建设。

李富春在苏联专家的建议下，最后拍板将第一拖拉机厂的厂址，定在了洛阳涧西以西邙山以南的这块地方。

第一拖拉机厂筹备处，设在洛阳老城一条偏僻的胡同里。

在第一个五年计划期间，洛阳被党中央国务院确定为重点建设城市，全国重点建设项目中有 3 个项目定在洛阳，那就是洛阳第一拖拉机制造厂、洛阳轴承厂和洛阳矿山机械厂。

接着，作为配套建设项目，国家又确定在洛阳投资兴建热电厂和水泥厂。随后，洛阳铜加工厂、洛阳棉纺织厂、洛阳耐火材料厂、洛阳玻璃厂也选址洛阳。

一拖兴建的消息随新华社的电波传遍全国，2600 余封慰问信如纷纷雪花飘然而至。

此外，黑龙江华川县一个村庄的农民，把节省的 500 余公斤大米送到工地；南阳专区的群众把 28 吨炭一捆一捆地从山上背下来，再送到工厂，解了燃眉之急；徐州无偿送来 1 万多吨耐火土和大量砖石块；全国成千上万的“红领巾”把捡废物、拾麦穗换来的钱寄到了洛阳……全国人民的关怀，极大地激励着建设者们。

听说即将兴建第一拖拉机制造厂的讯息后，新中国的建设英才们，从祖国的四面八方云集洛阳，其中包括全国各地的几百名工程技术人员。

当时一拖的总工罗士瑜，就是从美国留学回来的专家。一些熟练工，是从上海、沈阳、武汉等一些老厂调来的。

聚集而来的还有农民、干部，也有很多拿过枪、打过仗的退伍军人。

所有人激情饱满，有着浓厚的学习风气、良好的精神状态，就是这些，弥补了知识的不足，战胜了条件的恶劣。

有一位一拖老工人后来回忆说：

那时候哪有奖金、加班费？从领导到工人干劲都很足，什么时候需要什么时候上，很少有人在9点前回过家，可谁也没有怨言。

1956年，毛泽东再次指出：

农业的根本出路在于机械化。

这就再次为新中国的农业生产发展指明了方向。

二、施工建设

●张逢时说：“解放了的新中国农民就可以逐渐用现代化的农具代替古老的农具，从而给国家生产出更多的粮食。”

●周恩来说：“拖拉机是我国5亿农民长期盼的，应尽快投产，早出多出，为促进农业生产，改变我国落后面貌，早日实现农业机械化作出贡献。”

●谭震林兴奋地宣布：一拖的建成，投入生产，是今后十年中我国沿着农业现代化道路迈进的一个胜利的开端。

开工建厂领导带头劳动

1955年9月15日6时，一支经过锻炼的建筑队伍进入厂区，开始在这个厂的总仓库的地基上挖土打基础。中国第一拖拉机制造厂开始正式动工兴建。

10月1日，全国人民正在欢庆新中国的生日。这天上午，古都洛阳更是一片沸腾。洛阳市7万余人参加了第一拖拉机厂主厂房动工奠基典礼大会。

这次大会，是在古都洛阳城边一片荒凉的空地上进行的。

中华人民共和国第一机械工业部汽车工业管理局代理局长张逢时，代表第一机械工业部，在会上致辞。他说：

> 我国第一拖拉机制造厂开始建设了。几年以后，我们就能制造出拖拉机。那时，解放了的新中国农民就可以逐渐用现代化的农具代替古老的农具，从而给国家生产出更多的粮食。

承建第一拖拉机制造厂的工程局长王维群在会上提出，他们要把拖拉机厂坚固地、迅速地、经济地建设起来，使它提前进入生产，以便更早地制造拖拉机。

建设第一拖拉机制造厂的工人代表何梅桃和当地农民代表部振东，这天并排坐在大会主席台上。何梅桃在会上提出了努力建厂的保证条件，部振东也在会上表示要积极发展互助合作组织，努力增产粮食，来支援拖拉机厂的建设。

这天，参加建设拖拉机厂的职工们，还在动工典礼大会上，通过了给中共中央和毛泽东主席的保证书。

奠基典礼大会后，工地上举行了隆重的奠基仪式。奠基仪式由洛阳工程局和拖拉机厂共同主持。河南省副省长邢绍棠举铲破土，洛阳市委书记李立和厂长刘刚、副厂长杨立功，洛阳工程局局长王焕宇等同时挖土填坑。这标志着中华民族有史以来的第一座拖拉机制造厂破土动工了。

建设之初，第一拖拉机厂职工的学习情绪是高涨的。

第一副厂长杨立功原来是中共南阳地委书记，来厂前仅及初中文化程度，对工厂十分生疏，但他经过努力钻研，他的文化程度已经达到了大学水平，并且获得了一般机械制造的知识，对一些普通机床的性能也比较熟悉了。

第三副厂长马捷从 1938 年起，就一直在部队里工作，以后又做地方党的工作，文化程度也是初中。经过一段时间的学习之后，他对建设大型厂房的程序、机械制造的工艺过程也很熟悉了。

而学习最好的是厂长刘刚，他又是这个厂的党委第一书记，他的工作要算是最繁重的了，但他的学习成绩最为显著。

党中央号召领导同志参加体力劳动，刘刚就开始了他的下车间实际操作计划。每逢星期二和星期四的下午，除了特殊事情，刘刚从未间断过到车间去操作机床。

当时，刘刚的宿舍到车间有 1.5 公里，他在上班前半小时就开始步行去车间。到了车间，他像一般工人一样，先打扫一下机床，加好油，磨好刀具，然后开始他的不大熟练的操作。

最开始，刘刚连机床的头尾都不知道，车一个普通的螺丝，也是由一位七级技术工人教给他的。后来，他已经掌握了螺丝车床的性能，并且能够独立操作无公差的单级至综合外圆和外锥体，无公差的铸铁内孔、铜内孔和内锥体。

经过车外圆的“多级圆锥体”考试的结果，刘刚成绩良好，尺寸符合图纸，光洁度也达到了要求。

之后，刘刚又开始学习加工更精密的零件，但为了确保产品质量，防止废品，他加工的零件，总要留下最后一次的加工让技工们去完成。

按照刘刚的计划，他要经过 9 个月的学习，才完全按照图纸生产成品。

刘刚说：“在此之后，我再学习操作铣床和磨床。”

刘刚根据实践学习的体会认为，车床是学习操作的入门，而车、铣、磨床是冷加工的基础，学会这三种机床的操作，对于其他的机床如钻床、刨床、镗床、旋床以及各种专用机床就不难了。

刘刚说："我计划在掌握冷加工机床的基本操作之后，还要学习铸工、锻工和机电方面的知识。这样，全厂的生产过程，大体上都可以掌握了，可以从中发现问题，排除障碍。"

刘刚在车间里操作的时候，经常有工人写信给他，或者递给他一个条子，提出各种各样的意见。比如热处理车间在原设计上有两个炉子，有人认为应减少一个，工人认为应该有两个，因为那种炉子容易坏，必须有两个替换修理。

刘刚认为这个意见对，就按工人提出的意见解决了。

还有工人提出车间里没有洗手的地方，刘刚找了土建工程师商量，也很快就解决了。

对于一些办不到的事情，刘刚立即给工人作解释或让有关方面给工人作解释。

整个辅助工场10多个车间2000多工人，有不少人和刘刚很熟悉。每次操作下班后，他和工人们一起排队在食堂里吃饭，他和工人们有说有笑，十分和谐。

刘刚从1954年11月到厂的那天起，就把全部精力放在工厂的政治领导和业务领导方面。在政治领导上，他除了阅读有关上级党的文件和发挥工厂党委的集体领导作用之外，还有计划地阅读了哲学和政治经济学教科书。

而在业务方面，刘刚首先考虑的是学习企业管理知识和一般技术知识。为了达到这个要求，刘刚在 1955 年春，以 3 个月时间，参观了沈阳、长春、哈尔滨、旅顺和大连等地的 45 个工厂。他每到一个工厂，总是以小学生的态度向兄弟厂学习，在听取厂方的讲解之后，再详细地进行参观。

虽然每天的参观使刘刚很疲惫，但回到宿舍，他还是坚持两小时请工程师讲解技术问题，三小时自己阅读，每天都要到深夜才能入睡。

刘刚读的书必须要消化了，疑难问题绝不轻易放过。所以，有时工程师也往往给他问住了。

刘刚在倾听别人讲解的时候，甚至是普通工人讲解，也是细心地做记录。

刘刚本来是大学生，这对他的学习是个有利条件。但是，他离开大学生活已经 20 多年了，而且，他在大学里读的是政治系。何况他一直从事政治工作，曾做过学校地下党的工作，做过抗日游击队的政治工作，做过县委书记和地委副书记。

在这漫长的革命生涯中，刘刚几乎已经忘记了大学里的文化知识，但是当党和国家需要他从事工业建设的时候，他被转换环境的热情所激动，并对新事物有着浓厚的兴趣，很快地复习了大学文化课程。

因此，刘刚以顽强的毅力进行学习，并且带动了全厂干部的学习。

后来，从天津调来一个总冶金师钱端，他在和刘刚的谈话中，居然没有感到厂长是个转业不久的老干部。

1955年12月，102工区接受了挖大明渠的任务。这条渠是供拖拉机厂厂区排水用的。因为建厂的进度快，苏联专家建议必须在结冰期间完成，否则，汛期来到就会影响厂区的排水，就会使厂房有下沉的危险。

工区主任赵明怀为了按时完成这项任务，在现场盖了一个小工棚，日夜守在现场。

开工一个月以后，忽然下了场大雪，平地上积雪半尺多深。这时候，已经挖了一丈多深的沟里积满了雪，雪下边是水和稀泥。

当时，许多工人都嫌冷，迟迟不敢往下跳。赵明怀又像当年当兵时打敌人一样，第一个跳到了渠里，和工人一起抬冰和稀泥。在他的带动下，全工区的工人都热火朝天地干了起来。

但是，由于赵明怀曾经在战场上多次负伤且失去右臂，他那瘦弱的身体是经不起这样干下去的。没过两天，赵明怀两条腿冻得裂了很多口子，手冻得像发面饼一样，脸上也是冻得青一块紫一块。

许多工人都劝赵明怀休息一下，但他不听，还要坚持下去。后来，工人们对他实在没办法了，就暗地开了一个会，写了一份保证完成任务的保证书，推选工长蔡华波和赵明怀谈判。

赵明怀知道了这个消息后，还没等蔡华波去找他，当天晚上，他就把全工区的工人召集起来，他问：“同志们！你们爱护你们的工区主任吗?”

工人们异口同声地回答:“爱护!”

赵明怀说：“好！我们已经用双手建立起一座座厂房，当然谁也不愿意叫这些厂房受损失，这条渠就是在汛期到来时，不使厂房受损失的重要保证。所以请大家不要劝我不干活，我希望大家多想办法找窍门，早一天把挖大明渠的任务完成，使我和大家少受点冻，这才叫真正的爱护。”

赵明怀的话就像惊雷一样，震动了全工区的工人。挖大明渠的任务本来计划两个月完成，结果 40 天就完成了。

开展施工描图竞赛

1955年秋天，第一拖拉机厂为寻找型砂，分头派出了10多路人员。小郭和另外两个技术员，也一起到了豫西观音堂山区。

他们根据政府和农民们提供的一些不完全的资料，一步步地进入深山中。在一个山坡上的小树旁边搭起了个临时帐篷，作为歇脚和宿营的地方。

技术员们到山里边去寻找沙石了，留下小郭一个人待在家里。每天都是这样，她静静地取出技术员们头一天画好的山区地形草图，然后再一笔一画地描绘在透明纸上。这是小郭的主要工作，描好的图纸经过复制后，就寄往北京和国外了。

小郭不时地把她正在描绘着的地形图和幕杆上悬挂的地理图相比较，看有没有不合乎标准的地方。她满意地看着自己画出来的成品，心中感觉到一种说不出的畅快，这是一些多么美丽的地形图啊！看，地理图上只是一个小圈或小点，而在她画出的图纸上，却是一大片美丽的山川河谷。

有时，小郭也试着做一些简单的化验，这时她的全部精力又都集中到一个小玻璃杯中。当她把沙子投入酸中，从下面释放出连珠炮似的气泡时，她会感到忧郁。

这是被技术员们平日的表情感染的，这说明这种沙子的成分含沙量太低，并且还掺杂着很多杂质。

而当沙子进入酸中不起反应的时候，小郭的脸上会不自觉地浮现出笑容。她时常这样想："野外的工作多么有趣啊！我愿意常年做这样的工作。"

但是野外的工作也并不是永远风平浪静的，也常常会有些意料不到的事情发生。

有一天，太阳已经下山了，由于他们的帐篷搭在西山坡上，所以落日的余光还能够照到窗口里。

小郭坚持睁着她那双明亮的眼睛，准备把昨天大家交给她的那张沙区图描完。

这时，好像刮进了一阵风，帐篷的杆子微微地动了一下，但小郭没有理会，因为在高山上，经常会有这种现象。

但是，当小郭抬起头，把笔尖往墨水瓶里蘸墨水的时候，她突然发现了一只又肥又大的野狼站在面前！

这只狼是如此胆大，可能欺负小郭是个女孩子，它一动也不动地昂着头，瞪着两只发光的眼睛。它似乎是在寻找什么，又像是已经找好了目标，准备猛扑过来。

小郭的心剧烈地跳起来，随着笔杆从手指中滑落，钢笔尖碰击玻璃的声音，只是使野狼把头扭动了一下，然后又狠狠地瞪住了小郭。

小郭小时候听爷爷讲过"狼扒子"的故事，但当时真的见到狼，那种惊恐是可想而知的。

她的脸发白了，不自觉地伸手又抓起了笔杆。当抓紧笔杆以后，她的心就如同抓到了小刀一样有了依赖，胆子也顿时大了许多。

小郭知道逃不掉，她必须战胜野狼。于是她捏紧了拳头，鼓足劲捶了一下桌子，然后大叫一声："打狼！"

小郭的声音是那样洪亮，连山谷中也传来了"打狼……"的回响，小郭也被自己的勇气惊呆了。那只胆大的野狼被吓得掉头就逃跑了。

原来这只狼是闻到了"生人"味，但是钻入帐篷后却一无所获。

技术员们回来知道了这件事以后，大家都笑着说："小郭也会打狼啦！"

小郭说："怎么能谈到打狼呢，不过是知道了狼也并不是什么可怕的东西。"

勘察沙子结束后，小郭已经是一个熟练的描图员了，她正式被分配到某处做描图工作。

科里还有一个年龄比较大的老高，已经是个老描图员了，工作也十分踏实。

由于人少，两个人在工作时是各干各的，一个人一天不过描 12 张图，这已经是工作的顶点了。

后来工厂开展劳动竞赛，各种工作都有了新的变化，只是描图还保持着 12 张的水平。这怎么能适应高速度的建厂要求呢？

但是，他们确实是连一秒的时间都没有轻易放过。

当人们走进描图科的时候，都会看到他们像作战一样地在忙碌，虽然拿的不是刀枪，但却是放下圆规就拿鸭嘴笔，那边的圆弧刚刚画起，这边的粗、细线就接上去了。已经进入初冬，但他们却仍然忙得满身流汗，就像在炎热的夏天工作一样。

有一天，老高告诉小郭："这工作不比其他工作，但也不能完全说没有窍门，可是到现在还没有人找到这个窍门。你想这是个实实在在的工作，少了一笔一画能算完成任务吗?"

但小郭却说："越是这种实实在在的工作，越是得找出窍门来。"小郭成天在想，工人们建筑一座场房已经由38天减少到35天半，而我们的描图却还是停留在一天12张这个水平上，这怎么能行呢?

小郭暗暗地下定了决心：一定要赶上去!

一个月过去了，这30多个夜晚，小郭几乎一个好觉没睡。她几次在梦中找到了缩短工时的窍门，但是醒来却是一无所得，甚至一点也回忆不出梦中窍门的轮廓。

但小郭没有灰心，她只是感觉到文化水平低，经验少，解决问题有些困难。

于是，小郭把精力集中到业余的文化学习上去，不时地把学习到的一点点知识往工作上联系。但科学工作不是一朝一夕的事情，远水毕竟解不了近渴。

后来，厂里组织了一批人到天津工厂去参观，小郭做梦都没想到她也被批准参观。她压抑不住内心的高兴，在无人处跳了几下，几乎笑出声来。她想，这一回可要吸取一些老厂的先进经验了！

小郭还在火车上的时候，心早已经飞到了天津，仿佛在天津的工厂里，看到了许多她想都没敢想到的事。她看见了一个描图员一天竟能描18张图！她正惊异地想向那个描图员请教的时候，忽然听到房子那边传来了一个声音：“一天18张算得了什么？那不过是我们前天的指标。昨天我们就已经达到20张了。”小郭一下飞到那个叫喊20张指标的地方。那里是一个大房子，有许多人不慌不忙地在描呀描的，她刚跨进门就被一个笑容满面的人带进去，那人告诉她：“我们今天向你介绍的经验，就是怎样达到22张水平的……”

“呜——”火车一声长鸣，接着，车厢里传来广播声：“前方停车站是天津车站。”

小郭从梦境中醒来，她揉了揉眼睛，跟着参观组的人们一同下了车。

大家办好入厂手续以后，小郭就到描图室去参观。

那里真的是另一番景象！只见十几个人像流水一样地往前移动着，手不停地画着，他们干得是那样快，转眼间就把小郭给弄糊涂了，她想：“这怎么和我们的工作方法不同呢？”

经过介绍以后，小郭才明白，天津厂正在推行“流水作业”的先进描图方法。这种工作法源于机械化生产的厂子工人们的操作法：模仿近代化工厂的分工，把描图分成几道工序，工作时把图纸摊开，一人只做一个工序，集中完成一张一张的图纸。这样既节省许多交换仪器的时间，又能够很快提高技术和督促某一个薄弱的环节赶上去。因为“流水”不能窝工，后面赶来，前面必须走开。

当时天津厂已经达到每人每天平均28张的定额了！

小郭仔细地参观着每一道工序的操作情况，又听取了他们在试行时解决的一些疑难问题。她迫不及待地要回厂，于是她随工作组头一批回厂的人起程了。

小郭的心情十分复杂，又是兴奋又是害怕，她担心着怎样才能推广这种操作法的问题。

回到拖拉机厂，小郭向厂、处的领导进行了汇报。

领导十分支持，只是提出拖拉机厂是新建厂，由于情况的不同，当时描图员还不能集中起来工作。这就给“流水作业”带来了困难。

但是领导告诉小郭：“多费点脑子，还是可以把天津厂的经验‘拖拉机化’的。”

小郭接受了这项创造性的工作，由于她的心里已经有了数，她再也不像过去那种单凭热情去幻想了。在工作的时候，她试验着多摊开几张图纸，先做完一道工序，然后做第二道、第三道……工作两小时后，小郭已经感到了这种描法的优越性，她在高兴之余，叫老高也这样做。

老高却总认为小郭太天真，老高说：“所谓‘流水’

者，必须有‘水’才能‘流’，如今就我们两个，再加上一倍也不过四滴‘水’，还能‘流’多远?”

所以，老高还是按原来的样子，按部就班地做下去。

这天工作完毕，在计算工作量的时候，小郭的半成品不算，光成品就达18张，而老高却仍然是12张。

第二天老高也这样做了，不到下班就完成了18张。老高真高兴啊，见人就讲，有的熟人竟能听他讲两遍以上。

小郭因为还有天津厂的“28张”印在脑子里，她认为当时的提高不过是第一步，虽然18张在新建厂来说已经是一个了不起的数字了。

小郭又建议和老高合作，老高欣然接受了，从此两股“流水”合成一股，“水速”又加快了许多。因为每一个人又节省了一半交换仪器的时间。

不断地改进，不断地提高，几天以后，她们就达到了天津厂每天描28张图纸的水平。

小郭在向其他处介绍经验的时候说：

> 到现在我才知道，任何一件先进经验都不能死套硬搬，如果根据各地区、部门的不同情况灵活运用，先进经验就能够更先进，并且发出亮光！

洛阳的夏天，阳光像烈火一样，接触到人的肌肤，灼热得像要烫起一层皮来。坐在拖拉机厂办公室工作着的人们，都一面揩汗，一面工作。

但是，写不上两行字，人们的手臂就被汗水粘在玻璃板上了！

不时有人念叨着：“好热的天啊！”这时候，大家都盼望着能刮来一阵风，飘来几片云，挡一挡太阳的无情强光。

但是有一个人却不愿意，而且她还是一个刚满 19 岁的小姑娘。

每天，当太阳晒得正毒，人们热得没办法，从办公室探出头来望着天空，盼着能飘来云彩的时候，都会看见总图库门前那个晒图机旁边，站着一个健康淳朴的姑娘。她身材略矮，但很结实，她那黑里透红的圆脸，还没有完全脱去稚气的表情。

她面对着太阳，脸上浮现出满意的微笑，闪闪发光的眼睛凝视着架上的图纸。阳光越发热了，她却像辛勤了半年的农民看到了丰收季节一样，满心喜悦。

她好像没有感觉到太阳的热晒，汗水在流，她只在心里默默地重复着几句简单的话：“狠狠地晒吧！别刮来一点云彩！”

当她看到天空是那样晴朗，太阳光越来越炙热的时候，她笑了，心里想：“今天又要超过昨天的定额了！”

这个年轻的姑娘，就是第一拖拉机厂的晒图员李建英。

描图员赵美琳送来一卷刚描好的透明图纸，笑着问李建英：“小李，今天的定额是多少?”

李建英接过图纸，顺口答应了一声：“525。”

赵美琳见李建英放下图纸，又急急忙忙地去扳动晒图机的迎光板去了。赵美琳本来想追问李建英一句：“你怎么一天一个指标呢?”但看到李建英那个忙碌劲儿，迟疑了一下，就马上返回办公室去了。

很多人订计划都是按月提高指标，但是李建英却是按天提高指标的，她常常这样说：“过一天我们就长大一天，难道还能停留到昨天的水平上吗?”

只要看看近3天的指标，就可以肯定李建英的工作是在直线上升着，那几个数字是：501、509、514。

大家都这样夸奖李建英：“别看小李个子小，却总是跑在时间前面!”

李建英听到这些赞美的话，她就赶快解释说：“我只不过是抢过来了一点太阳光，要是跟工人同志们38天造一座厂房相比，那真是差得远了。”

李建英的家就在拖拉机厂附近的农村里。1954年夏天她初中毕业后，由于没有考上高中，就待在家里了。

李建英是个团员，本来她愿意在家做农活。为了建设拖拉机厂，有关领导机关决定在当地吸收一部分没有升学的初中毕业生来参加工作。李建英被本村保送去投考，这次她顺利地被录取了。

听到被录取的消息，李建英高兴得不得了，她的心狂跳了一天，饭也没有吃好，恨不得一下长翅膀飞到拖拉机厂里去。

两个星期后，李建英怀着高兴又有些不安的心情去拖拉机厂报到了。

到了工厂后，李建英被分配做晒图工作，第一次掌握了日光晒图机。其实这并不是一个了不起的机器，它不过是用一个透明的玻璃板、一块夹板和一个木架子所组成，利用太阳光线来复制图纸。

但是，对李建英来说，却觉得这是件了不起的事，建设拖拉机厂的每一个工程上需用的图纸，都要由这架机器产生出来。

李建英从工作中亲身体会到一块砖一片瓦对整个建筑物的重要性，她把自己的工作比作建筑物上的一块砖，并经常对自己说："建筑拖拉机厂也有我一份劳动。"因此，她也更加热爱自己的工作。

李建英刚开始工作的时候，每小时晒不到 100 个甲 4。一个甲 4 就是一张长 288 毫米、宽 203 毫米的苏联图纸，大约 3 个多甲 4 合一张大图。当时她着急地责备自己说："工地需要图纸那么急，描绘员几乎都是连夜赶着描出来的，而我却晒不出来，真急人！难道能因为我的工作影响建厂进度吗?"

李建英接着想：自己在农村时，对拖拉机盼得那样殷切，有时听见汽车响就以为是拖拉机开来了。而现在，恰恰是自己的工作影响着拖拉机厂的建设。

刚从农村走出来的李建英，根据她自己的经验，开始创造性地改进工作的方法了。她想起了麦收时的农村，为了抢收，哪顾得上黑天白天，晴阴风雨？如今一天才工作8个小时啊！再多几个小时不就解决问题了吗？

李建英计算除天黑晒不成图外，一天起码还可以挤出5个小时，如果夜间能晒，她一定毫不犹豫地把它加上。

于是，李建英开始自动加班了，她本身认为这不算啥，但一开始就被领导制止了。领导告诉她："加班是在紧张的工作任务下不得已时采取的办法，这是有害身体健康的。"然后告诉她应当"提高单位面积产量"，也就是从提高工作效率上来着手。还告诉她要多注意工作中的"薄弱环节"，能掌握这个环节，就能提高工作效率。

李建英自己琢磨了半天："什么是薄弱环节呢？"后来她终于想出一项："自己晒图的时候，虽然精神贯注，但却没有注意取送图纸时所消耗的时间，如果在取送图纸时拔腿小跑，不是可以多节省出来一些时间吗？"

然后李建英又想："如果把每天要晒的图纸先取出来放在眼前，不是又减少了跑路的时间吗？"

…… ……

李建英刻苦钻研的结果是，晒出来的图纸终于增多起来了。工作成绩给她带来了力量，以后她每天首先做好工作前的准备工作：支好架子，整好图纸，擦亮迎光板等。她还能掌握晒一张图纸所用的时间，能两分钟晒一张绝不用两分零一秒。

就这样，3 个月以后，李建英每小时晒出的图纸就不再是 100 个甲 4，而是 200 个至 300 个了。

冬天来了，北风呼呼地刮着，大雪鹅毛似的飘，寒气刺骨，大地上一片银白色，路上几乎看不到行人。

但是当雪花刚刚停止飘落，李建英就迫不及待地踏入雪中，急速地拂去迎光板上的积雪，一张一张地晒起图来。

云层厚，光线弱，晒一张要占平常晒两张的时间，李建英心里很着急。

不久，李建英的脸就被冻肿了，手背上也被吹裂了一道道的口子，但她完全没有察觉到。她两只明亮的眼睛只是死死地盯着透光的玻璃板，这时候的一秒钟不知要比平时一个小时宝贵多少，她不能轻易地放过。

虽然晒图工作冬天挨冻，夏天挨晒，但李建英却十分热爱这份工作。

设计加工电动剪床机

1955年12月的一个晚上，第一拖拉机厂建设工地上，金属结构加工厂车间主任孙永和，来到李彬的房间里说："李师傅，咱们加工厂里接受了给拖拉机厂加工一批房架的紧急任务，厂里把这批活分到咱们车间了，你看有没有把握，有咱就接受，没有把握我再找厂长谈，千万别叫我老孙翻跟斗呀。"

李彬抬起头来想了想说："你接受吧，我保证不叫你老孙翻跟斗，你只要给我人和工具。"

孙永和问："人好办，工具都要什么呢？"

李彬说："剪床机，离了它不能干这批活。"

孙永和爽快地说："那好办，我去找厂长，明天就动手去买。"

厂里派出三路人去上海、广州、天津去买，三路人回来都说没有这种剪床机。

孙永和又来找李彬："到处都买不到剪床机，这可怎么办呢？"

李彬说："咱们有脑瓜，有两只手，自己做吧。"

孙永和考虑了一下说："自己做？时间这么紧，谁来绘图，怎么制造呢？"

李彬说："绘图，我来试一试，制造时我来监管着制造。”

孙永和与李彬在一起工作十多年了，他知道李彬不轻易说自己能做什么，只要说了，就能做成。可是绘机器图，孙永和还是第一次听李彬说。于是他就问李彬：“李师傅，有把握吗？”

李彬也不说行，也不说不行，只慢慢地回答：“试试看。”

孙永和走了，李彬马上就拿出铅笔和纸，开始绘剪床机制造图。

绘图对李彬来说也不是一件容易事，而且是凭空想出一个剪床机的式样来。他紧皱着眉头好容易想出了一个剪床机的式样，便在纸上开始画，画了一阵，自己仔细一想不行，就从头再想；想了一阵，好容易又想出一个剪床机式样，又开始在纸上画，画了一阵，仔细一琢磨又不行，就又放过去再想……

李彬就这样想了画，画了想，一直到第二天的早晨，除去大小便，他就没有离开过这张小桌子，但也没有想出剪床机的式样来。

孙永和不放心，吃过早饭后，来探问李彬绘图的情况。他一进屋就看见李彬两手抱着头伏在桌子上想，他悄悄地问：“李师傅，怎么样，能绘成吗？”

李彬只慢慢地回答：“试试看。”

孙永和在一旁站着，李彬突然眉头一松又画起来。他画了一阵眉头又一紧，“哧！哧！”把一张纸撕得粉碎，又两手抱着头想。

这一撕不要紧，孙永和觉得就像撕了他的心一样疼。但他不便问李彬为什么撕掉，只是说：“李师傅，你该休息休息了，一夜没合眼了。”

李彬顺嘴答应着：“好，好。”但孙永和走后，他还是坐在那里一动没动。

孙永和希望李彬很快把剪床机图绘成，他也不敢相信李彬真能绘成。他又来探问李彬绘图的情况。一走进屋里，他就看见李彬仍然伏在桌子上画着，他悄悄地问：“李师傅，怎么样？能绘成吗？”

李彬仍然回答孙永和说：“试试看。”

孙永和又站在一边看，只见李彬画了一阵，“哧！哧！”又撕掉了。孙永和再也忍不住内心的不安，对李彬说：“李师傅，你去工程师室里去画吧，那里有米尺、三角板、圆规。”

李彬说：“我不去，一用那些玩意就画不成了。”

孙永和想让李彬休息，但他知道说了也是白说，李彬是个八头牛也拉不回来的人。孙永和叹了口气走了。

第三天的早晨，李彬正在屋里踱来踱去，孙永和又来了。他看见李彬两只眼睛红得像血一样，有点忍耐不住地说：“李师傅，到底能不能绘成呀？不然……”

没等孙永和说完，李彬就抢着回答：“试试看。”

已经是三天三夜了，李彬就是这一句话：“试试看。”孙永和虽然从这三个字里发现了李彬的决心和坚毅，但他还不敢相信李彬能绘成，因为这是在画一个机器图样，而且是第一次啊！他实在忍不住了，就说："李师傅，我今天命令你，你一定得休息，三天三夜了，你知道吗?"

李彬望着孙永和焦虑的神情，慢慢地说："好，我休息，你回去吧，孙主任。"

孙永和走了，李彬把门关上，仍然坐下来一笔一笔地画下去。

天好像和李彬闹起别扭来，中午后刮起了西北风，不一会就飘起了雪花。到晚上风更大了，雪也飘得更紧了，温度逐渐下降，天冷得滴水成冰。

但是，李彬好像并没有感觉到这一切，他仍然趴在桌子上一笔一笔地画着。

夜深了，风使劲儿地刮着，雪使劲儿地下着，李彬浑身哆嗦起来，他把笔一放，说了声："明天再画。"

可是当李彬脱下鞋要休息的时候，他又转念想到，大规模的施工开始了，急需要房架，如果房架加工不出来，肯定会影响施工。

想到这里，李彬跺跺脚，搓搓手，又画了起来。

第四天吃过早饭后，孙永和已经下定决心，任凭拖期完不成任务受批评，也要叫李彬休息，无论如何不能让他再熬下去。

孙永和走进李彬的房间一看，李彬正甜蜜地睡着，还不断地发出鼾声，桌子上也收拾得干干净净的。

孙永和纳闷：到底绘没绘成呢?

孙永和想问一下李彬，一转念，他已经四天四夜没睡觉了啊！忽然一阵寒风吹进屋里来，孙永和打了一个寒战，才发现李彬躺在床上没有盖被子。

孙永和想扯起被子给李彬盖上，但被子被李彬枕在了头下面，又怕一拿被子惊醒了他。于是，孙永和就脱下自己的大衣给李彬轻轻地盖上，然后自言自语地说："这老头子肯定是疲乏极了，才这样睡着了。"

孙永和走出屋外，迎面正碰上王工程师，王工程师说："在我桌子上捡到一张剪床机图，这一定是李师傅画的，不知是什么时候放的，你看。"

孙永和接过剪床机图看了看说："这哪里是图，这不是一台机器吗？"

王工程师感慨地说："是呀，叫我们画，又是平面图、断面图、侧面图，李师傅一画就是一个机器，不简单，真不简单，我正想找他看怎么制造呢？"

李彬正在睡梦中，他隐约地听到有人说话，特别是"看怎么制造呢"几个字他听得特别真切，就一翻身从床上爬起来往外走。

王工程师笑着说："李师傅，你绘的剪床机图我审查了，可以，正找你看怎么制造呢。"

李彬四天四夜没睡觉，眼睛又干又涩，腰又酸又疼，但他听说他绘的图可以，要开始制造机器了，睡意和酸涩一下子全跑光了。李彬说："王工程师你去计划材料和工具，我亲自监管着制造。"

半个月时间过去了，一台崭新的剪床机将要安装在拖拉机厂金属结构加工厂的一个车间里。

当快要安装好的时候，王工程师拿来一个小铜牌钉到机器身上，上边写着：

加工金属结构电动剪床机——李彬发明。

李彬看着这几个字，幸福地笑了。

转业军人战斗热情高涨

1955 年 10 月 1 日，蔡华波所在工区接受了第一座厂房的建设任务。

在当时，遇到了缺少水泥的困难。工区一连召开了三天会议，没有研究出结果来，最后，赵明怀主任说：“我看，解决这个问题的唯一办法是推广苏联干硬性混凝土的经验。”

王工程师说：“我认为苏联的经验不一定适合中国，还是想想别的办法吧。”

两种方案争执不下，会议只好这样结束了。

赵明怀是个倔强的人，他不甘心工程进度推迟下去。当天晚上，赵明怀就把蔡华波和技术员小曹叫到他家里研究这个问题。3 个人准备先试验一下看看。大家费了很大的劲儿，做了一次试验，结果失败了。

这一失败，引起了许多人的议论，王工程师说：“试验吧，不到黄河不死心。”

赵明怀却说：“咱们就是不到黄河不死心，不试验成干硬性混凝土就不死心，我就不信，苏联的经验我们不能采用。”

早在 1948 年，赵明怀是解放军的营长，在一次战斗中他右臂负伤，后来由于伤口感染，只好锯掉了。

1954年，时隔6年，赵明怀带着当年的排长蔡华波一起，转业来到了洛阳。火车刚一进洛阳车站，赵明怀就拍着蔡华波的肩膀说："喂，到了东关，有空去看看咱们打仗的地方。"

走出票房，赵明怀看着拖着浓烟的火车装满建筑器材，向工地驶去，公路上奔跑着的大卡车扬起来的尘土弥漫着半个天空，支援建设的马车和架子车的行列一眼望不到头。

赵明怀说："咱们在这里的血没有白流，祖国在咱们鲜血洒过的土地上，兴建起第一个拖拉机制造厂、洛阳矿山机器厂。将来，要从这里运出大批新式的拖拉机，到祖国辽阔的田野去耕田、播种和收割。还要运出大批的选矿机，到祖国各地去开采地下的宝藏。参加建设拖拉机厂的才只有几千人，或者几万人，盼望早日出产拖拉机的却是几万万人，幸福，咱是太幸福了！你说是不是？"

蔡华波说："特别是咱们在这里打过仗的人，更感到幸福。"

赵明怀担任了拖拉机厂工地102工区的主任，蔡华波为一工长室工长。

他们来到拖拉机厂工地的时候，这里还是长着葱绿庄稼的田野，大家在田野里搭起了第一个工棚，就在这四面透风的工棚里安了家。

赵明怀没有了右臂，就没有办法完成写报告和总结的工作，他就开始用左手学习写字，并且努力学习科学技术。

一天、两天、三天……一遍、十遍、百遍……赵明怀终于学会了用左手写字。

这天晚上，他们正研究继续试验干硬性混凝土，赵明怀的爱人拿着一份电报交给了他，说：“明怀，咱母亲逝世了。”

赵明怀接过电报，一句话也没说，脸一阵一阵地发白。

赵明怀的爱人说：“几十年没见过老人家了，现在老人家去世了，还能不回家看看吗?”

赵明怀还是一句话也不说。

蔡华波说：“应该回去，我去和刘书记谈一下，给局里请个假。”

赵明怀张了张嘴，但什么也没有说。蔡华波和小曹赶快走了。

工程局批准赵明怀 20 天的假，第二天一早，蔡华波就去帮他收拾行李。一进门，碰见赵明怀的爱人拿着一份电报往外走，她说：“你明怀哥说工作要紧，不回家了，叫我往家打电报和寄点钱。”

蔡华波说：“局里不是已经准假了吗，怎么又不回去了呢?”

赵明怀的爱人说：“昨天晚上我们吵了半夜，我问他：‘是你一个人回去呢，还是我和你一块回去呢?’他躺到床上，不说去，也不说不去，闷声闷气地躺了半天。最后，他红着眼睛说：‘工作要紧，不回去了，现在，因为两个哥哥都在家中，我回去不回去是一样，我觉得这里的工作离不开我，一走，推广干硬性混凝土就完了。’然后，他就起来翻翻书本画来画去，后来，我就睡了。今天早上，他交给我一份电报稿说：‘你给家打个电报，再住家寄50块钱。’”

蔡华波听到这里，不由得流下了眼泪。

就在这天夜里，赵明怀研究好了干硬性混凝土的试验，使干硬性混凝土推广成功了，结果节约了1000多吨水泥，厂房提前开了工。

秦主任是个转业的老兵，他自感时不我待，就从中学课本开始，抓紧时间学习知识。

有一天夜里，值班员小白看着时针，已经是凌晨1时了，他背起枪在大楼各处巡查着，忽然发现弯角处透来了灯光，他心里顿时明白了：“一定又是秦主任在学习，这个老红军啊！”

这已经是小白第三次值班发现的同样的事情了。

小白用含泪的双眼看着秦主任，半天没有想出一句话来，他多么想把自己所学的中学知识一下子教给这位老红军呀！但他默默地在门口转了一圈就走了，他不想打扰秦主任。

两个月后，又轮到了小白的夜班，也是这个时候，他又发现了秦主任在学习着。这时，小白有了一种另外的想法：为了他的身体，为了革命的长远利益，我有责任叫他回去休息。

于是，小白进门，鼓着勇气面对着秦主任，正想开口，却被秦主任抢着说了："是叫我休息吧？我马上就回去了。"说罢和蔼地望着小白微笑。

小白只轻声说了个"是"，就退出门外走了。

但秦主任却并没有"马上回去"休息，不知为什么，小白再也没有进去催他，那间房里的灯光，也不知道什么时候熄灭的。

又是两个月，又轮到小白值班，他接受了上两次的经验教训，心想：对秦主任这个人可是心软不得，这次无论如何，不能再迁就他了。

"秦主任！"小白不像上一次那么被动了，他一跨进门就抢先开口，紧接着就盯着秦主任的脸说，"学习要紧，身体更要紧啊……"

秦主任放下笔，微笑着听小白说话。

小白正要往下说，忽然看见秦主任的数学练习本上画着带了尾巴的"三角形"。小白觉得很奇怪，就到秦主任的身旁来看，涌到嘴边的千言万语竟溜得不知去向。

秦主任看着小白认真地看着自己画的图，就拉过旁边的小方凳让小白坐下，说道："小白同志，我马上就回去了，只是这一道几何题做不出来，回去了也是睡不着啊！"

小白答应着："嗯！"他自己过去上学时也有过这种

经历，一道题没做完，心里总是放不下，他觉得应该帮助秦主任搞明白，不能叫他回去睡不着觉啊。

于是，小白坐了下来，仔细看着草图上的那个几何图形。

原来秦主任在研究三角形外角与内角的关系，但是他把外角理解错了，在三角形底边的延长线上，另外画了一个角，所以证来证去，总证不出来。

小白看完图，心里就明白了，他把外角构成的条件用图表现出来，又把道理仔细讲了一遍。秦主任就像一个小学生在课堂上一样，聚精会神地听小白讲解。

也不知是小白讲得好，还是秦主任听得认真，秦主任忽然脑子里像开了天窗一样，问题完全搞通了。他高兴地抓住小白的手说："明白了！明白了！"

小白看着秦主任已经完全理解了，他也满意地笑了。这时，他才想起来催着秦主任去睡觉，怎么自己倒被"拖"住了呢？

小白想到这里，笑了笑说："秦主任，题会了，能睡得着了，赶快回去吧！"

秦主任收拾着课本说："回去！回去！半夜里亲自上门的老师，真是难得啊！"

拖拉机厂的人都亲切地称秦主任"老红军"，在两万五千里长征的时候，秦主任是连长，他领导的"英雄连"是一支百战百胜的队伍，每次作战他都在最前沿。在一次战役中，他的腿部受了伤，当时医疗条件很差，他的左腿最后落了残疾。

这，给英雄带来了困难，但也显出了英雄的惊人毅力。腿是在半道受伤的，他却用一只好腿拖着那一只伤腿直到陕北根据地。

秦主任1953年转业，先是做了两年行政工作，后来调到拖拉机厂参加厂的筹建工作。

在战斗中成长起来的秦主任，刚离开部队的时候，是有些难舍的。不过，领导一支现代化的国防军，他的身体是不允许了，这一点，他十分清楚。他克制住自己的感情，走上了新的工作岗位。

到拖拉机厂以后，秦主任感觉什么都是新的，仅就上呈下达的一些报告或是通知来说，没有初中文化程度就别想弄明白说的是什么。秦主任被分配当车间主任以后，真是如负重担，兢兢业业地工作着。

有一次，秦主任把车间一张很重要图纸的编号弄错了，因为上面标的是俄文字母。当通讯员到资料员那里再借时，就再也找不出来了，资料员说是通讯员听错了，通讯员说这是秦主任说的，不会错，两个人你一句我一句吵了起来。后来两人来到秦主任跟前才弄清了原因，大家真是哭笑不得。

这件事给秦主任敲响了警钟。于是，秦主任订了突击俄文、英文字母的计划，并且在两个月以内胜利地完成了。

学会了这一点知识，也只是接触了重工业伟大身躯的一根汗毛。秦主任为了更多地接触到一些实际工作，他宁愿劳累一些，从秘书手中收回了图章，亲自批发一切文件报表。

秦主任无论遇到什么问题，不懂就问车间技术人员，只有在他弄清以后才盖章。这样他提高得很快，唯一感到不足的是文化问题。

党提出了“向科学进军”的号召，秦主任把这 5 个大字郑重地写好，玻璃板下压一张，粉白的墙壁上也贴一张，甚至他所有的书里本里都夹着这句响亮的口号。

秦主任暗暗地下定了决心：一定要攻上科学大山，掌握技术。

时间不够用，秦主任就利用晚上来挤，俗话说：“人过三十不学艺。”记忆力减退，秦主任就多学几遍。如果需要出差，他就在火车上读书。

曾经不止一次，秦主任由于晚上熬夜时间过长，一觉睡醒，早晨上班的预备钟就响了，他草草地穿戴完毕，饭也不吃，拖着残腿就去上班。后来为了避免往返花费时间，他索性从家属宿舍搬到办公室来住，把早饭挪到工间操的时候吃。

半年后，秦主任已经开始了部分高中功课的学习。

当时，拖拉机厂的技术设计资料从苏联运到后，车间领导干部和工程技术人员首先开始了学习，准备在厂子正式投入生产以前，把干部的业务水平提到一定高度。

秦主任把他的全部精力都用到技术设计的学习上，

学习每一个单元，他都要做到彻底理解。

一天，风和日暖，下午业务学习的时候，全体干部在收听“车间技术设计”的课程。

广播里传出通俗的、清晰的讲话：“同志们！今天领导让我来讲讲车间的技术设计，我也是刚学了一点，恐怕难以满足大家的要求。本来这门课应当让车间的工程师来讲，因为工程师出差去了，领导就抓了我的官差……现在闲言少叙，书归正传，头一章是概论……”

听课的小白拉了一下旁边的人问：“好熟悉的口音啊，这讲课的人是谁?”

那人回答说：“听说是秦主任。”

小白失声叫了起来：“啊！秦主任，曾几何时，秦主任已经变成专家了!”

青年翻译燃烧火热激情

1956年4月中旬，一批青年翻译员经过考试合格之后，走出了开封俄文训练班的大门，他们的心情非常激动，盼望着早日参加祖国的建设。

在西去的一节车厢里，旅客们都有些疲乏了。只有3个靠得很近的年轻人，在兴致勃勃地交谈着。

俄训班女学员宋伟芳问她身旁那个瘦个子青年：“乍一听说到工厂工作，真是又高兴又害怕，心里头说不出来是一股啥滋味。你呢，小秦？”

小秦耸耸肩膀回答说：“是啊！我也有这种感觉。不过，任何困难也吓不倒我们，你说对吗？”说到这里，小秦自信地笑了笑，仿佛忽然想起了什么，接着说：“昨天晚会上，班主任说，现在无论干什么工作，都是和时间打仗。我觉得这句话说得很好。”

这时，号称“运动健将”的郭凯也插话说：“别的我现在还体会不来，我只觉得球场倒可以和战场相比！那可是真够紧张的。”

小秦望着郭凯说：“球迷，三句话离不开本行。”小秦边说着，心里边羡慕郭凯那健壮的身体，也喜欢他那爽直的性格。

宋伟芳盯了郭凯一眼说：“你要是能把下球场那股劲

儿用到工作上，我保证你能成个先进工作者。”

郭凯本来想回一句：那我们就到工作中一比高低吧。但又一想，宋伟芳是个女孩子，脸皮薄，在学校里功课又不如自己，就没有说出口。

他们是下午上的火车，到达白马寺的时候，天已经完全黑了。火车继续向前奔驰，郭凯凝视着车窗外的夜景，只见车窗外边电灯光像天上的繁星一样布满大地。郭凯不由得惊叹道：“1954 年我离开的时候，这里还是一片庄稼呢！现在可变成大工业区了，真是快啊！”

宋伟芳和小秦也停止了谈话，挤到窗口向外看。

郭凯兴奋地用双手按了下宋伟芳和小秦的肩膀问：“农民们拿满地绿苗送走了我们，工人们拿万盏明灯来欢迎我们，我们用什么来回报他们呢？”

宋伟芳马上回答道：“用工作！像王崇伦那样跑到时间的前面来完成它！”

马上就要走上工作岗位了，大家被一种兴奋和甜蜜的感觉笼罩着，每个人都在脑子里尽量编织着各种各样的想象。

他们下了火车，在招待所里住了一夜。第二天清晨，他们就了解到厂里刚刚运到了许多苏联设计图纸，老翻译们都忙得喘不过气来。

3 个人商量了一下，不等领导来分配，就派代表到干部处去要求工作。

领导很快就答应了他们的要求，郭凯、宋伟芳和小秦被分配在一个组里。

宋伟芳看见老工作者的工作指标是，每人每天翻译42个甲4，她不由得伸了一下舌头，暗暗地想：42个甲4合大图十几张，这怎么能吃得消呢？

宋伟芳由于产生了这种害怕心理，不免紧张过度，这一天她只完成了10个甲4。

小秦也认为这个指标太高了，似乎无法完成。但是他不甘示弱，心里想：别人能办到的事我也能办到，只要干下去就行。他埋头查字典，写中文，天气并不太热，他却浑身冒汗，到下班的时候才吃力地完成了12个甲4。

郭凯却比宋伟芳和小秦更沉着一些，虽然他也感觉到这比下球场吃力，但是他没显示出慌张和不安。郭凯把自己的心稳定下来，聚精会神地模仿着老翻译们的工作程序，按部就班地进行工作，这天他翻译了18个甲4。

吃晚饭的时候，小秦挤到郭凯身边问："你怎么翻译了18个甲4？再多几个就达到老同志们的一半了！"

郭凯还略带些遗憾地说："要不是开头有些慌，今天准能翻译它20个！"

他俩还没说几句话，郭凯已经狼吞虎咽地吃完了饭，他赶紧打住话头，往球场跑去。

小秦又找到宋伟芳，见她噘着嘴，知道她也是因为工作完成得少在郁闷呢。

小秦对宋伟芳说："小宋，听说今天就数郭凯来劲呢，18个可真不简单哪。"说着，他俩都看着球场上的郭凯。

宋伟芳说："人家来劲是人家的，谁叫咱不争气呢。"

小秦的脸一下红了。过了一会儿，他就拉着宋伟芳一块，坐下研究怎么才能赶上郭凯。

到了21时自学的时候，郭凯才擦着汗，恋恋不舍地离开了球场。半道上碰到了宋伟芳和小秦，3个人就凑在一起谈起来。

宋伟芳和小秦让郭凯谈一下今天翻译图纸的经验，郭凯也说不出来，但他指出了"不慌不忙"4个字。宋伟芳和小秦马上意识到这是问题的关键，今天要不是慌张，肯定能够多翻译几个。

第二天早上一上班，组长老孟告诉他们："昨天你们是新来的，工作时间也不够一整天，所以把它作为练习。今天就要正式计算指标了。按规定，你们的指标是每天每人翻译20个甲4。一个月以后，根据提高的情况，再考虑新指标。你们看怎样？"

郭凯估计了一下，自己昨天不到一天的时间完成了18个，今天工作一整天，20个准没问题。小宋和小秦只要不慌张，也完成得了。

于是，郭凯爽快地回答："行！"

这一天的工作十分紧张。郭凯虽然觉得自己有把握，但一想到已经定下指标，不禁又担心起来。整个上午，他一声不吭地工作着，到下班铃响起的时候，一检查已经翻译完14个了，郭凯的心情才轻松下来。

下午工间操的时候，郭凯有说有笑地参加了球赛。而小秦和宋伟芳两个人，紧张了一整天，连工间操时间都没休息。

下班前结算工作量，他们3 个都完成了20 个甲4 的指标。虽然他们心中早已有数，然而只有当孟组长正式宣布这些数字以后，他们才真正地放下心来。孟组长宣布后，他们轻松愉快地下班，谈笑着走进职工食堂。

没到月底，郭凯他们就达到了老工人们每天翻译42 个甲4 的指标。于是，孟组长在布置5 月份计划的时候，正式宣布新老同志一个指标。

这天午后，孟组长在和郭凯他们闲谈的时候，提到了一个吸引他们注意的新问题：第一汽车制造厂的翻译同志正在使用“代号翻译法”，工作效率提高得很快。前些时候，厂里曾派人去学习过，但是回来后却没有推广。原因是厂里翻译人员少，工作量大，怕推广不好影响了工作进度。但是最主要的还是老翻译们信心不够，强调“代号翻译法”差错多，得不偿失，因此这个方法没有推行。

3 个年轻人立即被这个新鲜事吸引住了，那些天他们一直日思夜想怎样提高翻译效率的问题。他们越想越高兴，恨不得马上就实行起来，但同时又想：老同志们还没推行，咱们这些小青年能行吗？

但他们马上自信地回答：“能行！既然兄弟厂已经在推行，咱们领导上又支持，就应当试一下，路是人走出来的嘛。”

有了坚定的信心之后，郭凯他们就在5月份开始实行“代号翻译法”。一个星期之后，他们就由每天翻译42个达到70个了，惊人的速度鼓舞着他们，就连老翻译们也被震惊了。

但是，当译文经过校对之后，惊人的差错率把他们3个人都吓出了冷汗。

老翻译中有人说：“早就说过不行嘛，要是不管质量，咱们早已经推行了。”

宋伟芳和小秦听到这些话，心里开始有些动摇。只有郭凯比较镇静，但是他一时也想不出什么好办法，只是强调说：“以量抵量，这样还是合算的。”

大工厂对各种工作的要求是很严格的，不允许任何地方有丝毫差错。

孟组长立即注意到这个问题，他召开了一个小会，总结了推行“代号翻译法”的成绩，研究了质量不高的原因。原因被找出来了，一方面是由于他们不通技术，翻译出来的东西用词不准确；另一方面，也是最主要的，是他们工作上的粗枝大叶，俄文单字还没有看清就使用代号，结果造成了错代错译。

孟组长最后提出解决办法，要他们抓紧学习有关方面的技术，踏踏实实地工作。

大家按照孟组长的指示工作，差错虽然消灭了，但是翻译的速度却降低到每人每天只译45个甲4。郭凯、宋伟芳和小秦都急得不得了。

老翻译中大多数人对“代号翻译法”本来就没有信心。他们在工作上也加了一把劲儿，把每日的指标提高到45个，人们实在看不出“代号翻译法”的优越性在哪里。

但随后不久，郭凯他们只是在“45”这个数字上停留了几天，以后指标就在保证质量的前提下，上升到每日98个。这时，老翻译们才真的信服了，他们异口同声地称赞道：“青年一代就是棒，做出咱们想都不敢想的事情!”

于是，老翻译们放弃了保守思想，也使用起“代号翻译法”来，他们运用丰富的工作经验，在推行中又进行了许多改进。新老同志共同合作，“代号翻译法”也臻于完善了。

6月底，在不到3个月的时间里，新翻译们的工作效率由每人每天翻译20个甲4提高到390个!

老技工悉心搞好传帮带

1956 年 4 月 4 日，修建第一拖拉机制造厂发动机工场的职工，比原定计划提前两个工作日，完成了第一期土方工程和全部混凝土工程。

发动机工场是第一拖拉机厂最大的工程项目之一。这个工场从 3 月上旬开工兴建，职工们在社会主义竞赛中，积极设法在保证质量的情况下加快工程进度。

李师傅刚从宝成铁路工地调来洛阳拖拉机厂工地，还没来得及歇一下，就到工地负责机械管理的部门报到。这个部门的老钱亲热地握住了李师傅那粗大的手，眼睛上下打量着他：高高的个子，粗腰身，灰棉袄上有几团油渍，操着河南开封口音，一看就知道是个有经验的老技工。

老钱看过了介绍信，不好意思地说：“您刚来，本来嘛，应该休息两天再上班，可是——”他停了停，用商量的语气对李师傅说：“工地开机械的人太少了，先去帮着干点吧。”

李师傅说：“啥帮忙，这么远来就是为了干活。”说着，他要了介绍信，连行李也没放就去工地了。

李师傅跨过新修起的涧河大木桥，这是专为工地运送材料临时修的，车辆像织布机的梭子，来来往往。有的运着砖，有的运着石块、木材，也有的运的是一些人。

赶马车的农民甩着清脆的鞭子，还唱着河南梆子。

李师傅欣赏着这大施工前夕的情景，眼睛一往西看，多么广阔平坦的平原啊，邙山和秦岭像一条围墙包围着它。在拖拉机厂的场地上，探墓工人的铲探杆子，像是脱了叶子的竹林。西南，已经搭起了密密麻麻的脚手架……李师傅情不自禁地说："拖拉机厂就应该建设在这块好地方啊！"

李师傅找到了他的施工地点，叫七〇四。这里都是拖拉机厂工人的三四层宿舍楼房。这里的机械工人只有一个姓严的。他找到严师傅，只见他眼睛血红血红的，显然是加了好几个夜班了。

严师傅也没有和李师傅多说话，交代了他负责哪几台机器就走了。

李师傅头一天就加了个通宵夜班，第二天又一直干了15个小时没眨眼。

严师傅抽空过来看李师傅："老李！吃得消不？"

李师傅笑笑说："你我都一样，有啥吃得消吃不消。"

过了几天，机具供应站又送到工地6台搅拌机，6台卷扬机。李师傅手里拿着两个馒头，一边向现场走一面问严师傅："严师傅，怎么光来机器不来人哪？"

严师傅说："人吗？有！"

李师傅忙问："在哪里？"

严师傅笑着说："在中国，还等着我们教出来呢。"

工程越来越紧，工区又接受了局里的追加任务，增加了一倍还多。当时施工是采取大流水方式，在十七八个小时里，就必须浇灌好一层混凝土楼板，所有的混凝土都必须是经过他们搅拌好，提升上去。

因此，他们的工作一停止，上边的工人就停了工。混凝土工人是三班轮流休息。上级也曾多方面想办法，可是因为机械工人少，总是没办法轮班。而且浇灌混凝土，必须是一气浇灌，中间断了，会引起质量事故。

最后，机械队的领导和师傅们一起研究，决定从混凝土工人中挑选一些普通工，师傅们临时教他们一些基本动作，让他们操纵机器。

按分配，每3个工人看一台机器，共开动7台机器，可是只有两个师傅照管，每个师傅还是不敢离开现场。

除了自己参加操作外，一个人还要照管其他两三台机器。师傅们哪怕有几分钟空，就赶快跑到别的机子上听听声响对不对，交代一下："思想要集中，心别慌。"有一点毛病就赶快来修理。

有时，即使睡觉离开了一会，机器出一点事故，徒工们就把他们又拉来了，所以睡下也不能安心。以后他们就躺在机器旁边打打盹，别的工人一喊，一下就爬起来。饿了就在机器旁边啃几口已经冻硬了的馒头，一口一个白印。

一天晚上，李师傅突然病了，吐了两口血，身体确实支持不住了，他只好躺在工棚里。

李师傅躺在床上，嘴里还喃喃着："身体又捣蛋了，病，你也真会害！为什么也不找个好时间、好地方，偏偏在拖拉机厂工地上，又在紧张的施工时候害！"

李师傅只休息了半个晚上，当他精神稍有恢复的时候，工棚外边的一切嘈杂声像是故意往他耳朵里钻一样，搅得他不能安宁。他一边听着一边判断：卷扬机的声音为什么这样啊？小刘的车子又出了毛病了吗？严师傅一个人吃得消吗？再把他也累倒了可该怎么办呢？不能，不能在国家最需要我的时候躺在床上！想到这里，李师傅一翻身，又来到了机器旁，谁也劝不住他。

9 月份，第一拖拉机制造厂的宏伟的工厂外貌，已经展现在洛阳市郊。

这个工厂的建设工程，整整进行一年了。这里有 10 个主要建筑物：辅助、发动机、冲压、锻工、木工、有色修铸、燃料系统 7 个主厂房和中央实验室、煤气站、总仓库的外形工程，已经相继完工。

设备安装工程，也比国家计划提前两个月，在 8 月底开始进行。到 1957 年底，该厂已超额 3.2% 完成了第一个五年计划期间的建厂任务。同时，当年的建厂计划也提前完成了。

有一天，雪越下越大，工人们穿上了棉大衣，戴上了棉帽子，棉手套，浑身只剩下了嘴和眼。身上落了厚厚的一层雪，远远看去，像是个棉花包。

但是，工程一点也没有停下来，而且更紧张了。南方来的工人正喊着一个口号："战胜北方的寒冷！"

前一天，李师傅和严师傅带的徒工朱阿狗开卷扬机翻了两斗混凝土，这一天，小刘一上午就翻了四斗。工区里的干部找到了工程局机械处，处里的技术员、机械队长都下来了。

李师傅知道了，他气呼呼地找到严师傅："好家伙，一上午就翻了四斗，这还能行！"他点起一根纸烟，一屁股坐在水泥袋上，眼睛朝着工棚外边。雪花被风吹得绕来转去，有时还吹到他的眼睫毛上，他也不看一下严师傅。

严师傅也没啥好说的，眼角只是扫了扫他，说："你说咋办？"

李师傅厉声对一边站着的一个徒工说："去！把小刘叫来！"

小刘低着头，在工棚口抖了抖身上的雪，两手捏着指甲，心里扑腾扑腾直跳。他自从翻斗那时起，就怕李师傅知道，所以没敢告诉他。

谁知李师傅更恼火了，他站起来一手拉住小刘的胳膊，一手指着室外紧张的人群说："翻了，还不愿报告，你知道吗？一斗是千把斤大米呀！你瞧人家在干什么？人家在搞红旗竞赛，为国家增产节约哟。你可好，一上午折腾了几千斤大米！"

小刘低着头，心里像锥子扎的一样，他眼眶湿湿的，眼泪也掉下来了。

李师傅看到这些情景，心也软了，语气也变得温和了些："以后要注意，不懂就来问。"接着又给小刘讲了些操作规程。

洛阳工程局领导也注意起这个问题，于是决定用快速的办法培养一批新的工人。最后，洛阳工程局确定，在军工和一部分普工中抽出100多人进行训练。

紧张的冬季施工结束，只剩下一些零星结尾工程的时候，大部分工人开始了冬训学习。

工人王永楼、劳银贵等改进掌握木夯的方法，平均提高工作效率90%以上。青年工程队的队员们采用"中凸分层分段浇灌法"，每人平均的工作量大大超过了定额。

5月7日，第一拖拉机制造厂冲压工场厂房构件的综合安装工程，已经提前完成。这项工程的速度比以往平均加快了30%以上。

冲压工场已经矗立在结了顶的赭红色的厂房群中，它们是当年第四季度即将投入生产的辅助工场和完成了或即将完成的锻工场、修铸工场、总库房等主要厂房。

修建第一拖拉机制造厂木工场的职工们，在节约木材方面取得了很大的成绩。他们在现场捣制混凝土柱子、屋架、板梁等构件的工程中，创造了"流水连续施工三节快速脱模法"，加速了模板周转率。

同时，在制模板过程中，尽可能地利用了库存旧模板和废木料。这两项措施共为国家节省了1500多立方米木材，价值17.9万多元。

电焊女工苦练技术本领

1956 年 6 月，张春花跟着爸爸来到洛阳，参加洛阳拖拉机厂的建设。这时，张春花已经是一个熟练的焊工了。

张春花小的时候，爸爸是个熟练的焊工，曾在汉口街头开过焊工铺子。那蓝色的、紫色的、白色的火花，在张春花这个小姑娘的眼睛里，是奥妙无穷的。有时她觉得那是节日的喷花筒，有时又觉得那像夏夜的闪电。

张春花喜欢这种火花，因为每当它闪过一阵之后，就有两根折断了的铁管，或是两块裂开来的铁板，重新连接在一起了。春花每天放学回家，大半要坐在爸爸身旁，眨动着眼睛，猜测着电焊火花的秘密。

有一次，当爸爸休息的时候，张春花偷偷拿起焊枪，学着爸爸的样子，在一块铁板上面焊了起来。

张春花正手忙脚乱地焊着，冷不防被爸爸揪住了耳朵，还威胁地告诉她："那个躺在地上的氧气瓶是个小炸弹，脾气怪得怕人，并且特别讨厌孩子，动不动就轰的一声爆炸了……"

以后，每逢爸爸出门，总要把电焊工具藏起来，生怕春花摸到它。

可是春花偏偏喜欢冒险，对于电焊的好奇心反而更强烈了。无论把电焊工具藏在哪里，她都能够找到，并且胆大地焊着爸爸剩下的活。

张春花对电焊这门手艺已经着了迷，在课堂上还设想着怎样拿起了焊枪，怎样火花四溅。

大约有3个月的时间，爸爸知道了张春花偷学电焊的事，他生气了，要揍张春花。

张春花躲闪着，委屈地说："爸爸，我焊的跟你焊的一样好，不信你瞧瞧。"

爸爸半信半疑，把一个汽油桶推在张春花面前说："这个桶底的边沿漏了，你焊给我看。"

于是，13岁的小春花用成年人的庄重神色，对桶底查看了一番，接着，就聚精会神地焊了起来。

这时，爸爸的气早就跑光了。他带着赞赏的神情望着自己的女儿。他发现女儿焊得蛮像样子，不愧为焊工师傅的后代。他笑了，抚摸着张春花的脑袋，开始给她讲"氧气是一种能够助燃的气体"等道理。

学校放暑假的时候，张春花央求爸爸，准许她当一个真正的焊工。爸爸答应了。

暑假过去以后，老师不见张春花到学校来，就把她叫到学校，问她："张春花，怎么不来上学？"

张春花骄傲地回答："我，我，我工作了！"

老师惊讶地问："工作？什么工作？"

张春花眼睛放光地回答说："电焊！顶好的工作！"

老师说："张春花，要记住，工作也不能忘了学习。"

张春花说："我记住了。"

从此，张春花就一边学习电焊，一边学习文化知识。

张春花来到拖拉机厂后，当时有许多高压管道，即使是最熟练的焊工，也要经过最严格的考试，才准许焊接高压管道。

当15岁的张春花发觉别人用不信任的眼光打量她时，就暗自下定决心，要在这个"考场"干出样子来，给他们点颜色瞧瞧。

焊工考试开始了，张春花突然变得严肃而谨慎。轮到她的时候，她竭力压住心跳，走上前去。

当张春花一拿起焊枪，心里就开始平静了，火花四溅的时候，心中已经满怀信心了，听到人群中的啧啧称赞声，她那双胖乎乎的小手就变得更加灵巧了。

张春花在短短13分钟的时间里，焊完了那根管子。

焊工队长检查以后，高声宣布："拉力40公斤，超过标准8公斤，弯度90度，超过标准15度。"接着又眨着眼睛补充说："春花的个子在全队是最矮的，但她焊接管道的拉力在全队是最高的！"

从此，张春花穿上了和她的身高很不相称的白帆布工作服。那件工作服，做她的大衫才合适。人们看了就笑。

张春花雨天穿的那双长筒胶鞋，整整把她装进了半截。"唉！两艘战舰！"她蹒跚地走着，心中抱怨着自己的个子长得太慢了。

这个熟练的焊工毕竟还是个十几岁的孩子。在一幢幢高大的厂房之间，时常迷失方向。但她偏要东奔西跑，用好奇的目光打量一切，把烟囱里冒出的烟为什么会由浓变淡当成重大的科学问题，和不相识的人们争论不休。

爸爸担心张春花会发生意外，就让她跟自己一块做工，这使得她很不自在。因为她平时喜欢装大人，但在爸爸面前无论如何总是一个孩子，无论如何爸爸总要带着爸爸的样子和她说话。

张春花第一次高空作业的时候，她害怕了，手在发抖，爸爸当着很多人的面责备她："抖什么!"问得她脸都红了。

第二天，张春花偏要试试自己的胆量，趁人不在的时候，她故意不戴安全带，不用安全梯，攀着锻工场的钢梁屋架，爬上了11米的高空。

张春花不往上看，也不向下看，她竭力地设想着自己是骑在一条安稳的板凳上，然后双手比画着，做出焊接管道的样子。

这时，焊工队夏队长看见了，他不声不响地找人抬来了安全梯，然后命令张春花立刻下来。

张春花的脚刚挨地，就挨了一顿狠狠的批评。但她的心里却很高兴，因为她已经证明了自己的胆量，并从夏队长的严肃的神情里看出，自己被别人当成大人了。

渐渐地，张春花可以离开爸爸单独工作了，她已经成了四级焊工。

1957年1月，焊工队要评选先进生产者了，大家都想起了张春花，人们不再把她当成小侄女或小妹妹，而是带着庄重的表情来谈论着张春花。

有的说："她单独负责发动机车间的全部工程，并且全部合乎验收标准，这应该说是她的一大功劳。"

有的说："她在辅助工场完成了任务定额的百分之一百六十九点七，即使是老师傅，也不容易取得这样的成绩。"

还有人说："她和王一龙水工小组施工配合得很好，直到现在，大家还在念叨她，并质问焊工队长，为什么还不让小春花配合他们施工。"

后来，张春花的名字上了光荣榜，这时，大家更喜欢她了，并且时常赞叹着："春花只不过16岁呐！"

1957年3月，在通向拖拉机厂工地的马路上，有一个青年姑娘和一个50多岁的老人边走边谈着。知道的，都称赞这是一对好师徒，不知道的，都以为他们是父女俩。

女青年秦小凤和老人宋明都是拖拉机厂的电焊工。

秦小凤个子不高，扎着两条辫子，穿着一身白色的工作服，看起来挺精神。

他俩刚走到工地焊接钢骨架的一个席棚底下，秦小凤就问宋明："宋师傅，今天干什么活呀？"

宋明回答说："嗯，仰脸焊，仰脸焊，你可留心学呀。"他一边说一边戴上防护镜，拿起焊钳，开始工作。

秦小凤也戴上防护镜，聚精会神地瞅着放射出的电焊火花。

宋明刚焊完一个焊接口，秦小凤就说："宋师傅，你焊的这个仰脸焊，我能不能焊呀？"

宋明取下防护镜，看了看秦小凤天真的表情，反问道："你觉得你能不能焊呢？"

秦小凤爽快地回答说："能，我觉得我能焊。"

宋明把焊钳交给秦小凤说："好！你试一试看怎样？"

秦小凤不慌不忙地戴上防护镜，握紧手中的焊钳把，轻轻地往地上一伏就焊起来。"哧哧"的电焊火花像泉水一样地喷出，她的手随着电焊火花的冒出，灵巧地活动着。

宋明咧着嘴笑着说："嗯，行呀，小凤，就是这样焊法。"他看了看秦小凤那股热情劲儿又说："小凤，像你这样的学法，我看要不了半年你就出师了。"

秦小凤说："那还不是师傅教得好吗？"说着又去焊第二个焊口。

秦小凤原来是厂里的核算员，后来主动要求下现场，刘科长就把她交给了电焊班的班长宋明师傅。

当时，宋明一看是个女的，就一下子愣住了，心想："一个识字的青年妇女，为什么不在办公室里做写写算算的工作，却要下现场呢？奇怪！"他又看了看秦小凤那白里带点红的脸庞，穿着一身连水花也没有的蓝色制服，支支吾吾地说："我、我的技术不高，电焊是一种特种技术，可不好学呀！”

秦小凤生怕宋明不收她，赶忙说：“行，宋师傅，不好学我多用心。”

刘科长也在旁边帮腔：“可以吧，秦小凤的决心很大。”其实他心里也并不相信秦小凤确实能行。

宋明说了声：“那好，试试吧！”说完就走了。

刘科长随后嘱咐秦小凤说：“小凤，下现场以后，要好好学习，可不许闹情绪呀！”

秦小凤答应着：“知道，我知道。”就连忙追着宋明去了。

暖暖的西南风撩过了工地，天空的白云由西南向东北跑去，大地上飘着万草复生的芳香，这正是一个春光明媚的季节。拖拉机工地上掀起了热火朝天的竞赛高潮，成千上万的工人都涌在这个高潮里。

秦小凤跟着宋明第一次踏上了钢筋加工厂工地，她洋溢着异常的欢乐和兴奋。

秦小凤和宋明两个人一前一后地走着，宋明心里想：“我没见过一个大姑娘家要求下现场的，我也没有收过女徒弟。唉，学吧，三个月都不能过，管叫她自己要求再回到办公室去。”

秦小凤也在心里想：“一个青年妇女能够在这样的一个场面工作，能够为建设祖国的第一个拖拉机制造厂而工作，这是多么幸福啊！三个月以后，我就能跟大家在一起工作了。”

秦小凤一到现场就抢着干活，她看见宋明焊，也不向他请教，就戴上防护镜拿起焊钳去焊。一会就吵着：“宋师傅，坏了，我的镜子怎么看不见焊条啊？”

宋明勉强答应着：“嗯，嗯，不打火就看不见嘛。”

宋明刚一转脸，秦小凤又叫起来：“不行呀，宋师傅，快来吧，电焊条又拿不下来了！”

宋明心里想：“刘科长这是叫我收女徒弟吗？这活是叫孩子干的吗？这样学法，到老她也学不会电焊。”

秦小凤一门心思学技术，她却没感觉到宋明的态度，仍然师傅长师傅短地叫着。一个月后，她就学会焊小平缝了。当她拿起焊钳戴上防护镜，看着镜子里四射的火花时，她是多么想多干一点活呀。

秦小凤一心想着赶快把技术学会，使这个工厂早一天建成。但是，慢慢她就有些苦闷了，她觉得宋明这个人各方面都好，但就是有些看不起女同志，不愿意教她学技术，心里还有些急躁。

这天下午，宋明焊接钢梁架时，秦小凤光想伸手去焊，宋明就是不开口。

秦小凤实在等急了，当宋明焊完一阵去吸烟的时候，她就不吭声地拿起焊钳要去焊。

宋明一看大声嚷起来：“不行！不行！这是个重要工程，你可不能焊呀！”

秦小凤也急了：“你吸你的烟去吧，我还没焊呢，你怎么就知道我不行？”

宋明说："这是立焊呀。"

秦小凤说："管它里焊外焊呢。"

宋明一下说出了他的心里话："好，好，反正我是管不了你这个徒弟，你爱怎么焊就怎么焊吧。"

宋明正这么想着，猛然听秦小凤大叫一声："妈呀！"

宋明赶快往秦小凤跟前跑，他见秦小凤两手捂着眼睛，正在打滚地喊着。宋明马上明白秦小凤是被电光闪眼了。他向四周一看，工人们都在忙着，于是一句话也没说，背起秦小凤就往女工宿舍里走了。

秦小凤躺到床上，眼珠疼得就像要掉下来一样。但她心里更难受："我当个核算员不好吗？为什么要求下现场呢？一天到晚在现场上风吹日晒的不说，眼也闪着了，要是眼睛瞎了可怎么办呢？干脆，我还是回办公室吧。"

但秦小凤转念又一想："我是个青年团员，我不能这样去做，我还要干下去。"

这时，工地上"嗨哟、嗨哟"的号子声和"轰隆、轰隆"的机器声钻进了秦小凤的耳朵里。秦小凤在心里说：眼啊，你快点好起来吧，好了我赶快跟着宋师傅去工作。宋师傅还要不要我这个徒弟了……

宋明自从秦小凤闪了眼之后，心里一直在难过，总觉得对不起秦小凤。这天下了晚班之后，他连饭也没顾上吃，就往秦小凤的宿舍里走去。

秦小凤正胡思乱想着，听到屋里有脚步声，正想开口问是谁，宋明已经走到她的床前："小凤，你的眼好些了吗?”

秦小凤一听是宋明的声音，连忙说：“好、好些了宋师傅。”说着她坐了起来，又说：“宋师傅，你……”秦小凤突然感觉面前坐着的是她慈爱的父亲，她紧紧地握住宋明的手说：“宋师傅，你可别怪我，都怨我，怨我不听你的话。”

秦小凤的话深深地感动了宋明，他觉得很内疚，秦小凤都跟他一个月了，自己却没有把她当徒弟看待，而且又让她闪了眼。

宋明嘴唇在抽动，心在跳动，他颤抖着手掏出手帕来，给秦小凤擦了擦眼泪说：“别难过了，越流泪眼越疼，我对不起你，我……”

秦小凤又紧紧地握住宋明的手说：“不，宋师傅，还是我对不起你，我当时听你的话，能闪了眼吗？宋师傅，以后你只管大胆地批评我，全当我是你的女儿，你是我的父亲。宋师傅，你回去吧，明天还要上班。”

宋明想说什么却没有说出来，只是吐出一连串的“我”字，就扯起被子给秦小凤盖上，走了。

一个星期之后，秦小凤的眼睛好了，她又和以前一样和宋明一起来到了工地上，但是她变了，变得嘴勤了，也不那么冒失了。

宋明也变了，他真的把秦小凤当成了自己的女儿一样看待。

6 月的一天，太阳像一团烈火一样，晒着拖拉机厂工地上的人们。宋明和秦小凤焊接厂房梁架。秦小凤第一次要到16米多高的房架上进行工作，宋明问她："小凤，敢不敢上去呀?"

秦小凤说："敢！昨天晚上，我就练习过了。"

宋明吃了一惊："嗯！怎么练习过了?"

秦小凤高兴地说："我和小李一块上到房架上走了一圈，还进行了操作表演。"

宋明责备秦小凤："为什么不给我说一声?"

秦小凤说："我不是怕你不让嘛。"

宋明一下严肃起来："这样不对，我给你立个规矩，不经师傅允许不准随便上房架，你要知道安全重要呀！"

秦小凤撒娇地说："遵命，照办。"

秦小凤和宋明两人在房架上翻来翻去地焊接着钢架，电焊火花从16米多高的房架上落下，远远地看去，好像夜里的流星一样。

他们干了半天，身上的衣服也被汗水渗透了。但后半晌却突然下起雨来。他们又在大雨里坚持干。

宋明毕竟年龄大了，连热带累再加上雨淋，走到半路就头昏眼黑不能走了。开始是秦小凤架着他走，后来架着他也不能走了。

秦小凤四外望了望，人们都早已经跑回去了，但宋明却呻吟着躺在地上，无情的雨点落在他的身上和脸上。秦小凤急得没办法，在大雨里转了两个圈，不知从哪里来了一股力量，她背起宋明往医院里走去。

秦小凤一路上歇了四五次，才把宋明背到医院里，刘医生马上给宋明打了两针。

宋明醒过来了，她看到眼前的护士，才发觉自己来到了医院，他急着问："小凤呢，小凤来了没有?"

秦小凤走到宋明面前轻声道："我来了宋师傅。"

宋明看了看护士又看了秦小凤："我是怎么摸到这里来的?"

秦小凤低声说："是、是我背你来的。"

宋明感动地说了一声："啊！小凤！"忽然坐起来抓住小凤的手，半天说不出一句话来。

洛阳第一拖拉机厂工人陈保安写了一首《女电焊工》，赞扬像张春花、秦小凤这样的好职工：

你，在苦水里泡大，
小时候给地主当牛马，
砍柴、放牛、割野草，
踏遍荒山野洼。
晚上，妈妈含着泪，
抚摸着你磨破的脚丫：
"儿啊！别怪你娘心肠硬，
咱辈辈都是苦藤上的瓜。"
你没摸过绣花针，
更莫想把书本拿，
和你的手做伴的是：

一只破草筐，一个镰刀把。
解放了，党给你插上翅膀，
任你飞天下。
手握焊枪噼啪啪，
五色彩线手中拿，
要给大地绣新图，
荒山野岭起大厦……
轻风理头发，
晨露洗面颊，
弧光闪闪照千里，
借风传话给妈妈：
女儿心红志气大，
正为祖国巧描画……
风送声万里，
妈妈作回答：
“闺女呀，闺女呀！
只要你勤读毛主席书，
只要你常听毛主席话，
不论你干啥，
当娘的，心都放得下……”

上海安装工人支援一拖

1956年6月初，支援第一拖拉机制造厂设备安装工作的第一批工人，由上海到达工地。

他们到达拖拉机厂工地以后，看到拖拉机厂壮丽的建设工程，都非常兴奋，纷纷保证要努力完成机器安装任务。

承包拖拉机厂设备安装工程的机电安装公司，已经对新来的工人们进行了妥善安置，并且指定专人帮助他们学习政治、技术，以便他们能迅速掌握业务。

派往苏联实习的第一批工段长12人已经结业回国。他们将分别担任木工场、锻工场、拖拉机工场一些车间里的部分工作。他们在苏联实习的过程中，熟悉了本工种的工艺过程，可以独立进行操作。

当时，这些回国的工段长们，正在积极进行争取提前出产拖拉机的生产准备工作。他们有的在熟悉机器设备情况，有的在传授从苏联学来的先进技术。

6月下旬，已经有半数以上的主厂房完成了厂房外形工程。全厂11个主厂房中，有锻工场、有色修铸工场、辅助工场、发动机工场、木工场、冲压工场6个大型厂房已经建成。这些厂房的高大屋身，已经屹立在纵横数十万平方米的厂区基地上。

燃料系统工场，也在5月31日开始施工。给全厂输送动力的枢纽，包括煤气站、氧气站、乙炔站和建筑材料仓库、中央实验室等建筑物，也已经建成或将近竣工。厂区内宽阔的中央大道、纵横交错的马路，以及地下的复杂的管道工程，都已经完成或完成了90%以上。

这些工程中主要项目的开工和完工期限，都比原计划提前了两三个月。

修建拖拉机厂的上海安装工人，都满怀信心地迎接铸钢、铸铁、标准金属零件等工场的厂房工程的开工。

有关负责人说："全厂的主厂房外形建筑工程，在今年内可以基本完成。"

修建第一拖拉机制造厂燃料系统工场的职工们，吸取了兄弟工区在38个工作日内，建成发动机工场厂房外形的经验，决定在36个工作日内，完成厂房外形工程。

施工单位在编好施工组织设计和作业计划的同时，对各个工序的衔接和配合，都进行了周密的安排。并且决定在施工过程中，推广干硬性混凝土、机械表面夯实等十几种关键性的先进经验。职工们的劳动热情非常高，许多小组不断突破工程定额。

赵阿龙小组在开挖基础土方工程中，头两天就超过定额60.3%。

燃料系统工场是拖拉机厂的一个重要组成部分。它在建成以后，每年要生产大量柴油发动机上的重要部件高压油泵调速器和喷油嘴等。

北京、上海、天津、武汉等地有32个工厂，为第一拖拉机制造厂培养和训练近2000名技术工人。这些人多半是徒工，还有二级以上到八级以下的工人。他们在学习中，得到了各厂职工的热心帮助，大都很快地提高了技术水平。

上海一个工厂的老工人樊延龄，在休息时间也积极教学员学技术。三级工周德标就是在他的帮助下，在8个月内达到了五级工的水平。

夏天的早晨，在第一拖拉机厂里，经常可以看到有人在朗诵俄文；夜晚，办公室里灯光明亮，差不多每一张桌子面前都有人在演算代数、几何，或者自修英文。

拖拉机厂的职工们在向科学进军，向文化进军！全厂参加这样的业余文化学习的共有700多人。其中有厂长、处长、科长级的干部，也有参加革命多年的老同志。

完成设备安装试生产

1958年初，中共中央委员、全国人大常委会委员徐特立，来到试生产的一拖视察，并挥毫题写了8个大字：

第一拖拉机制造厂

1月7日，第一拖拉机制造厂的11个主厂房建筑工程全部建成。至此，第一拖拉机厂已进入以生产准备工作为中心的建设新阶段。

第一拖拉机制造厂从1955年9月中旬动工兴建以来，尽管遇到许多困难，但是大部分厂房的建筑工程，都以比较快的速度完成了。

厂长高兴地说："通过一系列的建设，使建筑工程部门积累了建筑大型企业的经验。如果以现在的施工力量进行建设，今后建设同样规模的一个厂，施工期限可以缩短一半的时间。"

第一拖拉机制造厂的11个主要工场中，已有辅助、锻工、有色修铸、木工等工场投入了试生产。在辅助工场里，正在生产制造拖拉机的工具、夹具和非标准设备。全厂的生产工人和企业管理人员，已集中了几千人。他们正在进行产品的翻译复制工作和产品生产的技术准备工作。

1958 年，拖拉机厂进入了紧张的设备安装、调整和试生产的阶段。就在这个时候，拖拉机厂的动力心脏煤气站的煤气排送机发生了严重的故障。

这不仅影响着拖拉机厂所有热加工车间的试生产，而且直接威胁着洛阳涧西区其他兴建工厂的生产。

当时，有的工程技术人员主张另向国外订货。

苏联专家列布柯夫坦率地说："不要看不起自己的东西，工程师同志。买外国的，一需要花很多的钱，二需要半年的时间，我们不能等待，要自己修！"

于是，列布柯夫拖着一条在卫国战争中负了伤的腿，日夜和工人一起修理煤气机。经过两个月的苦战，被认为是难以"医治"的煤气机终于修好了。

8 月份，本是列布柯夫休假的时间。厂长劝他说："煤气机已修好了，你的假期也到了，快准备休假吧。"

列布柯夫却说："不，厂长同志，我不能去休假。眼看铸钢车间'八一'就要出钢水了。这是第一拖拉机厂的第一炉钢水呵！我怎能丢下工作去避暑呢？"

厂长说："可是你两年都没有休假了！"

列布柯夫笑着说："这又算什么呢？假期应该服从工作，工作不能服从休假。"

几次的争执，厂长只好让步了。工人感激地说："苏联专家老大哥一心一意为咱们，他不到庐山去避暑，到咱们 1000 多度的炼钢炉旁来'避暑'了。"

1958 年 5 月 3 日，为了支援农业机械化，拖拉机厂副厂长郑定立带领工人和技术人员 30 多人，把一台新制的小型煤气万能拖拉机，送给了新唐屯村的社员们。

当拖拉机开到新唐屯村的时候，农民群众高呼：

中国共产党万岁！

感谢工人老大哥！

加强工农联盟！

激动的农民把拖拉机厂的工人抬了起来。工人们当场为农民进行了拖拉机田间耕作表演。

1958 年 7 月 23 日晚上，第一拖拉机厂 1 万多职工开会，庆祝正式产品“东方红”牌 54 匹马力拖拉机诞生。这种拖拉机一天可耕地 150 亩，耕地最深达约 0.5 米，全国各地都能使用。

为此，拖拉机厂厂长杨立功发表了署名文章《为大量生产拖拉机而奋斗》。洛阳制造的“铁牛”，第一次用轰隆隆的作业声，唤醒了中国沉睡了几千年的土地。

苏联专家支援一拖建设

1958 年，普罗哈连柯专家来到了洛阳第一拖拉机制造厂。到洛阳的第二天一早，他就来到锻工车间模锻工部，几乎和工部所有的工人都握了手，好像和熟悉的老朋友一样亲热。

普罗哈连柯仔细地看过了每台锻机。他看见一位工人正在锻打一个红红的零件，衣服被汗水浸透了，便从工人头上摘下了安全帽，戴在自己的头上说："你们歇歇吧，我试试看。"拿过钳子就干起来了。

只见普罗哈连柯夹过一根通红的棒料，准确地放进锻模中，脚一踩蹬板，锤头就轰鸣起来了。锻件在锤头下翻了几个滚就成功了。

工人都伸出大拇指头说："专家真是个好锻工。"

从那时起，普罗哈连柯几乎天天在生产现场，帮助工人解决生产中的疑难问题。

1958 年 9 月间，锻工车间来了一批新徒工，她们都是刚从农村来的一些十八九岁的姑娘。

她们在来到工厂以前，羡慕在大工厂里干活好。但是，当她们看到这些大锻机，打起锤来震天动地，又有些胆怯了。

普罗哈连柯亲切地对她们说："在我们苏联，锻工非常受人尊敬，人们尊敬锻工，不仅因为他们是锻造机器零件的人，而且他们还是缔造幸福的人。”

说着，普罗哈连柯亲自操作，表演给这些姑娘看。

锻锤咚咚、嗒嗒，打着有节奏的点子，他一边干着一边说：“你们看这多么灵巧，姑娘，有志气将来一定会成为一个出色的女锻工。”

以后，专家经常地帮助她们。不到半年的时间，新徒工曲秀花在专家耐心的帮助下，已经能够独立操作，并被车间评为优秀徒工。

与曲秀花同来的其他姑娘，在专家和老师傅的帮助下，也都学会操作锻机了。

1959 年 6 月间，普罗哈连柯完成了他的任务要回国了。曲秀花和何爱英冒着炎热的天气，飞针走线地突击了几个通宵，精心刺绣了一块绣花桌布、一对绣花枕头，赠送给了普罗哈连柯。

普罗哈连柯高兴极了，他回国以后，这种共同劳动中结成的深厚友谊使他不能忘怀，3 个月的时间，就给她们来了 3 封信。

苏联专家对细节的关注，体现了他们对一拖建设的关心。

有一次，阿列克谢夫在一个工区看到厂房周围堆着土堆，建议尽快清除，不然会阻止雨水外排，引起厂房的裂缝和下沉。

工人答应说：“3 天可以完全清净。”

3天后，阿列克谢夫专门去检查，发现土堆原地未动，生气地对工区主任说：“以后我不到你这里做客了，直到你们办好了答应的事。”

事后，阿列克谢夫动情地告诉洛阳工程局负责领导：

过去苏联在建设中是走了弯路的，我不愿看到中国再走。如果我的知识没有用到一拖建设中，回到苏联我也不会安心的。

阿列克谢夫的话，表达了当时所有支援一拖建设的苏联专家的心声。

周恩来视察一拖厂

1959年10月，第一拖拉机厂正式交付国家验收，并在拖拉机厂会议室举行了验收签字仪式，批准正式投入生产。

国家验收委员会主任、中共河南省委第一书记、河南省省长吴芝圃同志，在验收会议上发表了重要讲话。

周恩来在北京看到第一拖拉机厂交工验收报告后，决定亲自来洛阳视察一下。

中国第一拖拉机厂是我国第一个五年计划中156个重点工程之一，它的全面开工生产有着重大的意义。

周恩来飞抵洛阳时，已经是当日13时，所以省、地、市领导安排他先到友谊宾馆用饭、休息。周恩来却说："我是来看拖拉机的，直接到拖拉机厂。"这下打破了市委原来的安排。

到拖拉机厂后，省委第一书记吴芝圃安排人把饭送到接待室来，周恩来却说："不用了，我们到食堂去吃"。此时，一拖厂的负责同志才知道，总理还未用餐。

在饭前的这会儿时间，周恩来听取了汇报。当他听说厂里已有万名工人时，高兴地问道："女工有多少？"

有人回答："有3000多。"

周恩来风趣地说："你们可不要重男轻女呀。"

突然，周恩来像想起什么似的，问道："总工程师在不在?"当他得知总工程师在外边时，关切地说："快，请他进来。"

当总工程师罗士瑜进来后，周恩来让他坐下，亲切地交谈起来，从什么学校毕业，出过国没有，到拖拉机的设计、有多少进口设备等。当他得知11月1日正式投产没问题时，周恩来满意地点点头，说道：

> 拖拉机是我国5亿农民长期盼的，应尽快投产，早出多出，为促进农业生产，改变我国落后面貌，早日实现农业机械化作出贡献。

午饭是在食堂三间临时简易房里吃的，为了干净整洁，还在桌上铺了条白色台布。

饭后，周恩来走进厨房与师傅握手，并鼓励说："你们的技术还不错，是在什么地方学的?"

随后，周恩来到车间进行视察。

当来到拖拉机总装配线时，正在忙碌的苏联专家和中国职工中不知谁喊了声："总理来了!"

一时间，大家情不自禁地欢呼起来："周总理来了，周总理来了!"

在热烈的掌声中，周恩来向大家挥手致意。他走到苏联专家面前，用俄语向他们问好，并亲切地问："厂里一共有几位专家？爱人带来了没有？生活习惯不习惯？

在厂里工作怎么样？有什么意见？”并和专家们合了影。

周恩来忽然被一个青年工人专心致志工作的情景吸引住了，他走上前问：“你啥时参加的工作？今年十几岁了？工作累不累？”

周恩来看到这个小青年激动得满脸通红，说不出话来，便主动伸出手。

当周恩来离开后，这个小青年才发现自己连沾满了油渍的手套都忘了去掉。

在总装线尽头，一台崭新的拖拉机装配成功开出来了。周恩来高兴地说：“我国能自己生产拖拉机了！”并登上这辆拖拉机，在空地上转了一圈。之后，周恩来与驾驶员和在场职工合影。

在听到厂长汇报说一拖第一期工程已基本建成，较整体计划进度提前了一年时间后，周恩来笑容满面，语重心长地叮嘱说：

你们是中国第一啊！要出中国第一的产品，出中国第一的人才，创造中国第一的业绩。

随后，周恩来又视察了轴承厂和矿山机器厂。

在矿山机器厂，周恩来看到工人正在制造打眼机时，非常高兴。

这时，陪同视察的钱正英副部长对总理说：“密云水库现在急需这类打眼机，但是没订上货。”

周恩来听了脸上的笑容没了，马上对厂党委书记范青民商量似的说："像你们这样的厂子不接受任务，叫谁接受呢?"

范青民考虑了一下回答道："我们再增加20台。"

周恩来满意地笑了："好!"并向在场的工人大声说："祝你们生产更多的打眼机!"

因为接总理的专列已到，周恩来才恋恋不舍地离开了新中国自己建成的工厂和热情的职工们。

在周恩来的关心和鼓舞下，拖拉机厂的工人以更加积极的姿态投入战斗。1959 年 11 月 1 日，第一拖拉机厂落成。

原洛阳拖拉机厂一分厂党委书记卢富来后来回忆说：

> 1959 年 11 月 1 日，咱们洛拖开始建成，建成以后，我们这个拖拉机厂正式生产拖拉机，履带拖拉机。当时的心情是很激动的，我代表两三万职工在大会上发言，表决心。当时的干劲都是很大的，加班加点，都没有说要加班费，都没有的。当第一台拖拉机出来，在厂门口走过，我们甚至流出了眼泪。

一拖厂举行落成典礼

1959年11月1日，第一拖拉机制造厂在洛阳举行了隆重的落成典礼大会。

这一天，雨过天晴。拖拉机厂门前庄严美观的主席台中央，挂着毛泽东的巨幅画像。广场上，人海沸腾，彩旗飘飘。两万多名职工和来自洛阳市郊区的农民，天不亮就锣鼓喧天地聚在这里，他们都兴奋地反复说着同一句话："开工啦!"

8时30分，在鸣礼炮10响和庄严的国歌声中，典礼大会开始。

时任第一拖拉机制造厂党委书记、厂长的杨立功首先致辞。他首先向远道而来的苏联代表团，中央领导同志，各省市、各兄弟厂矿的负责同志及农民兄弟代表，表示热烈的欢迎。

接着，杨立功说：

> 我们向全国农民兄弟表示，第一拖拉机制造厂的全体职工，坚决响应党中央和毛主席关于加速农业机械化的号召，迅速全力投入支援农业机械化的战斗。保证提前一个月完成今年拖拉机的生产计划，超额20%完成各项生产指

> 标，力争今年年底基本达到设计水平，并且做好明年更大跃进的一切生产准备工作，为现代化的大规模的农业建设贡献我们最大的力量。

第一拖拉机制造厂国家验收委员会主任吴芝圃，宣读了第一拖拉机制造厂国家验收委员会，关于工厂交工验收开始动用的总结，并且讲了话。

吴芝圃宣布：

> 第一拖拉机厂国家验收委员会检查了第一拖拉机制造厂的基本建设工作，认为工厂已基本完成了国家所交给的建设任务。全厂建设工程的质量总评定为优等。工厂生产所需要的设备已基本齐备，各项生产准备工作已基本就绪，并且试制了一批性能良好的拖拉机。因此，工厂已具备了交工验收正式投入生产的条件。

国家验收委员会宣布：

> 自 1959 年 11 月 1 日起，第一拖拉机制造厂已经建成，正式动用，投入生产。

中共中央政治局委员、国务院副总理谭震林代表周恩来总理参加了当天的大会，并且讲了话。

谭震林说：

> 我代表中国共产党中央委员会和中华人民共和国国务院，向全体职工同志致以最热烈的祝贺，向伟大的苏联共产党和苏联政府致以衷心的感谢，向辛勤劳动的苏联专家同志致以最热烈的祝贺。

谭震林兴奋地宣布：

> 一拖的建成、投入生产，是今后十年中我国沿着农业现代化道路迈进的一个胜利的开端，我国农民早已盼望“耕田不用牛，点灯不用油”的伟大时代已经开始到来了。

谭震林在讲话中重点指出，洛阳拖拉机制造工厂建设时间虽然经过 4 年之久，但所有主要工程是在两年时间内建成的。这是同广大职工群众的积极努力分不开的，是同英雄人物的模范行动分不开的。这些英雄人物，是我国社会主义建设的珍珠，是珊瑚、玛瑙。

谭震林表示，这个厂的基本建设安装过程和试制生产过程，都得到了苏联专家组的同志热忱的、细心的、负责的帮助。他们毫无保留地把自己的知识、技术，细心地教会我们。我们可以肯定地说，没有他们这样的援助，我们不可能如此顺利地建成这座工厂。谭震林向专家组的全体同志表示感谢。

谭震林最后鼓励大家，要鼓起更大的革命干劲，制造更多的拖拉机，开到祖国的田野上去，以一个胜利接一个胜利的姿态，为加速我国农业机械化和现代化而奋斗。

最高人民法院院长谢觉哉，以极其兴奋的心情，在大会上吟诗祝贺第一拖拉机制造厂的诞生。

谢觉哉在贺诗中赞道：

群策群力可胜天，一年工作当几年。
边建边学边生产，厂房高大机台全。
正式生产今开张，验交样样都优良。
学先进又超先进，多快好省名声扬。
少年看了劲头大，老年看了心怀开。
从此年丰又人寿，人人都登百岁台。

农业机械部副部长黎玉在讲话中说：

我们农业机械战线的全体职工，要勇敢地承担起工业支援农业的光荣任务，更多更快地制造拖拉机和农业机械，以大力促进农业的技术改造……

第一拖拉机制造厂的建成和全面投入生产，

标志着我国农业机械工业迈入了一个新的阶段，它将在农业技术改造的工作中发挥骨干作用。

苏联代表团团长、苏联驻华大使馆参赞符明，在讲话中，代表苏联部长会议对外经济联络委员会、苏联驻华大使馆和苏联专家，祝贺中国在国家工业化事业中所获得的新的胜利。

符明说：

第一拖拉机制造厂的投入生产，在实现农业机械化和农业技术革命的过程中，具有重大的意义。这个工厂出产的大型拖拉机，将会减轻中国农民的繁重的体力劳动，而且，在很大程度上，加快你们国家进行农业技术革命的速度。第一拖拉机厂，不仅是中国拖拉机制造业的初生子，而且是用最新技术装备起来的先进企业。这个工厂在开工时就达到了设计生产能力，而且还将大大超过，这该是多么令人振奋的事情！

中华全国妇女联合会副主席、卫生部部长李德全，农业部副部长何基沣，建筑工程部副部长刘裕民，国防部副部长许光达，全国总工会副主席许之桢，铁道部副部长石志仁，共青团中央常务委员张超，也先后在会上讲了话。他们热烈祝贺拖拉机厂胜利建成，投入生产。

农业部副部长何基沣在讲话中说：

> 洛阳第一拖拉机制造厂，一定会以更快的速度，生产更多、更好的“东方红”拖拉机，来支援农业的技术改造，以加速伟大祖国的农业机械化、电气化的进程。

在大会上讲话的，还有河南省副省长、郑州大学校长稽文甫，帮助建设第一拖拉机制造厂的苏联专家组组长道钦科，河南省第三建筑公司的代表，郊区农民代表，以及拖拉机厂的工人、工程技术人员的代表。

参加当天大会的还有内务部部长钱瑛、国家建设委员会副主任蔡树藩、第一机械工业部副部长白坚、地质部副部长刘景范、农垦部副部长萧克、教育部副部长叶圣陶、国家科学技术委员会副主任张有萱、国务院文教办公室副主任张稼夫，以及各部、委的有关局的负责人。

苏联代表团团长符明和代表团全体团员，以及帮助建厂的苏联专家也参加了大会。

中共河南省委书记处书记吴皓，以及湖北、陕西省有关厂矿的负责人和甘肃、青海、宁夏、内蒙古、陕西、山西、河南等省区出席全国水土保持会议的代表，也都参加了大会。

在大会上，还宣读了来自苏联哈尔科夫拖拉机厂等

11 个单位和中共中央工业部、国家经济委员会、第一机械工业部、农业机械部等 70 多个单位的贺电贺信。

在落成典礼大会上，第一拖拉机厂的职工们还通过了向毛泽东主席致敬报喜的信，向全国群英会报喜的信。

他们在向毛泽东的报喜信中说：

> 我们向您保证：绝不辜负您和全国人民的关怀和希望，一定立即全力投入支援农业机械化的战斗……保证提前一个月完成今年的国家计划，并且为明年更大、更好、更全面的跃进，做好一切准备工作，给国家生产出大量的、质量优等的拖拉机，为农业机械化作出更大的贡献。

他们在向全国群英会报喜的信中说：

> 我们一定虚心地学习你们的经验，学习你们崇高的共产主义风格和高度的革命干劲，为支援农业技术改造，为支援农业继续大跃进而献出自己的最大力量。

在会上，还向支援第一拖拉机制造厂建设的苏联工厂和设计单位赠送了锦旗。

会议结束以后，由中共中央政治局委员、国务院副总理谭震林剪彩。

下午，谭震林和中央各部门负责人到车间进行了视察。全厂的工人怀着激动的心情，飞快地开动着各种机器，222 条生产流水线如同潺潺的溪流，最后汇集到一条湍急奔腾的大江：总装配线。工人们决计在 4 个小时内装配出 15 台拖拉机，以最高的速度、最出色的成绩，来庆贺自己工厂的诞生。

为了祝贺第一拖拉机制造厂胜利建成，第一拖拉机制造厂当天晚上在洛阳友谊宾馆举行了盛大的宴会。

为庆贺一拖落成典礼，《人民日报》《中国青年报》《河南日报》分别在 11 月 2 日发表了社论。

三、投产使用

●安道平听到俱乐部新建剧团正在教唱陕北民歌《东方红》，猛然想道："东方红"这个名字不是很好吗？

●道钦科说："用国产的材料、由工人自己的双手制造的'东方红'牌拖拉机已从总装配线一台一台地开出来。这是全厂职工的伟大胜利。"

●1962 年 4 月，我国发行的第三套人民币，在面值为壹元的人民币图案上，有位英姿飒爽的女拖拉机手，她的原型，就是我国第一位女拖拉机手——梁军。

提前完成投产准备工作

1956年2月底，第一拖拉机制造厂拥有13个车间的辅助工场、宽敞高大的修铸工场和总仓库的建筑，都已经结顶，准备开始安装设备。

他们计划在当年施工的各个工场，也正在加紧进行施工前的准备工作，争取尽量提前开工和加快工程进度。

当时，木工场的施工已经提前开始，发动机工场和冲压工场的厂房建筑就要开工。

同时，在第一拖拉机制造厂的附近，还兴建一所规模巨大的设备安装加工厂。这个工厂建设锻工、铆工、钳工、车工等28个车间和库房。这些车间建成投入生产后，就承担第一拖拉机制造厂全部设备安装的加工工作。

在不影响服务年限的原则下，这个加工厂的厂房建筑全部采用竹结构。这不仅能为国家节省大量资金，还可以加快建厂的速度。

1956年3月，第一拖拉机厂生产车间需用的设备提前运到场地。

修建第一拖拉机制造厂发动机工场、辅助工场和总库房的职工们，已经在3月9日提前22天，完成了当年第一季度的施工计划，工程质量也好。

在施工过程中，职工们推广各种先进经验，积极设法提高工作效率。

丁志良小组改进了吊装工具，使屋面板吊装效率提高了6倍多。

技术人员在冬季施工中提出使用“冷砂浆”，解决了在低温下进行屋面工作的困难，保证了施工进度。在土方工程中，采用大型机械夯实和自动打夯机打夯的办法，使工作效率提高7倍。

第一拖拉机制造厂最先投入生产的车间需用的设备，3月份开始陆续运到场地。这些设备中有苏联提前运来的铣床和磨床等新式设备，有我国各地制造的车床、苏式钻床和桥式吊车等。

这批设备及时运到场地，这对于拖拉机厂提前投入生产起到了重大作用。

刚完成厂房外形的辅助工场，只待场地平整完毕和完成管道等工程以后，就可安装设备，保证按照提前出产拖拉机的计划，及时开始生产。

4月初，第一拖拉机制造厂全体职工，在当地全市劳动模范大会上，作出了争取提前出产拖拉机的保证，并且以此作为条件，向全国正在兴建的大厂提出竞赛。

他们的保证是：

在1959年第三季度出产拖拉机的计划基础上，保证提前两个季度全面投入生产，争取提前三个季度出产拖拉机。同时，要争取提前一年，即在1961年达到原定1962年的年产量。

在当时，全厂职工正在为加快工程进度而努力。荣获全市一等劳动模范的工程师刘天民，认真审查锻工场图纸，纠正了9根柱子没有列入设计内的差错，保证厂房及时进行综合安装。

工程师、技术员在审查辅助工场、修铸工场的施工组织设计的时候，提出了31条合理化建议，加速了工程进度，并节约了大量资金。

到1956年7月，拖拉机厂领导预见煤气站工程可以提前完成，中央水泵站的两个储水池的主要工程已经完成。在国内外实习的干部490多人也回厂工作，总仓库很快就可以储放机器。在苏联和我国兄弟厂的积极支援下，许多机器已经到厂。

8月份，为了支援拖拉机厂提前出拖拉机，全国有96个工厂为第一拖拉机制造厂赶制机械设备。

第一拖拉机制造厂全部需要的机械达数万台、件、套。其中除苏联帮助我国制造的以外，有90%左右靠我国自己制造。在这些产品中，好多都是我国从来没有生产过的。

沈阳第一、第二机床厂承制的6种大型机床，大连起重机厂承制的桥式抓斗吊车。1956年，拖拉机厂提出部分车间提前投入生产以后，许多厂都在积极赶制，争取提前交付设备。30多个工厂提前交付了1000多台、件、套的设备，为即将开始的设备安装工作创造了有利条件。

第一拖拉机厂当年开工生产所需要的工人，第一批于6月份到厂。这批工人中，有车工、钳工、铣工等共76人。他们有的是拖拉机厂派到兄弟厂学习期满回来的，有的是兄弟厂派来支援拖拉机厂的。

在外厂学习的工人，由于各兄弟厂的热情培育，一年多来，技术水平提高得都很快。

在上海自行车厂生产车间学习的4个车工，过去都没有见过自动车床，现在都能够熟练地进行操作。在上海纺织机械厂修理车间学习的工人，不但提高了自己的技术水平，还和其他工人一起，改进了生产工具，使生产效率提高了5倍左右。

首台“东方红”拖拉机诞生

1958年7月20日，新中国生产的第一台拖拉机诞生在洛阳第一拖拉机厂。

从此，中国农机工业跨上了一个新的台阶。新中国农业机械化的序曲在洛阳正式奏响。

20日是个晴天，第一台拖拉机披着彩带，在敲锣打鼓的人们的护送下，“隆隆”地开出一拖厂门。

当时，人们发自内心的激动和自豪，很难用语言来表达。那可是新中国自己生产的第一台拖拉机啊！

说起“东方红”名字的来历，还有一段动人的故事：

离第一台拖拉机诞生的日子不远了，起一个什么样的名字呢？大家都在为此苦思冥想，名字有几十个：龙门、白马、和平、友谊、铁牛……取名的人各有各的理由，但是人们都觉得没有一个名字能代表所有人的心。

有一天，厂办副主任安道平听到俱乐部新建剧团正在教唱陕北民歌《东方红》，他猛然想道：“东方红”这个名字不是很好吗？

安道平的提议很快获得通过。大家都说：“‘东方红’最能体现翻身农民的无比喜悦的心境。千百年来，中国农民都是扛着锄头，迎着太阳；而现在，他们就要开着拖拉机，去迎接朝阳了。”

对“东方红”这个牌子，苏联专家非常赞同。已经回国的专家组组长列布柯夫写信祝贺：

多漂亮的名字啊！听到这个名字，我跳了起来。

第一拖拉机厂工人李清联写下一首诗《赞“东方红”拖拉机》，表达他的喜悦之情：

哗哗的掌声似雷鸣，
嘟嘟的吼叫惊落群星。
第一台拖拉机出世了啊！
就在我们的拖拉机厂诞生。
瞧呀，它多么神气地瞪着红眼睛！
那是向我们工人致敬。
听呀！嘟嘟的声音多么动听，
想它的心中比我们更激动。
啊！我们的党委书记啊，
你的双眼已经熬得血红，
“党和人民需要拖拉机啊！
我们肩负着最光荣的使命。”
我们的老工人啊！
你的眼睛里为什么闪着泪星？
“我太激动了啊！

这‘头生子’是我们亲手制成。”
我们的小伙子们，
几昼夜你们没有休息一分钟。
“想到拖拉机出世了，
我一脚能把泰山踏平。”
我们的工程师同志，
昼夜和大家一起劳动，
“只要拖拉机能和人民早见面，
这就是我最大的荣幸。”
啊！快把拖拉机开出厂房吧！
瞧，祖国的天多么辽阔，地多么坦平！
把那彩色的捷报，
快一点地送向北京。

第一拖拉机厂的厂址，就是第一拖拉机厂职工符光尧少年割草放牛的地方，也是他祖祖辈辈的家乡。从这里开出来“东方红”牌拖拉机，符光尧怎能不特别高兴呢！

符光尧考入拖拉机厂当徒工后，下定了学好技术的决心。在搞技术革新时，符光尧总感到自己加工的拖拉机后桥上的两个加油管不十分必要，可以做一个歪嘴铁皮漏斗代替，一台拖拉机可以节约两公斤钢材、4 个工时和一套工夹具。按年产1. 5 万台计算，一年可节约3 万公斤钢材，6 万个工时。

符光尧这一建议提出后，厂里的领导、苏联专家和老师傅都很支持，并批准了这个建议。以后符光尧又继续钻研，提出技术革新建议共 16 条，平均约可提高生产效率 20% 。

后来，拖拉机厂全面投入大流水生产了。全厂职工以党的八届八中全会的精神，鼓足更大的干劲，开展优质高产生产竞赛。

竞赛中，符光尧在老师傅的帮助下，学会了在 3 种机床上独立操作，他加工的 8 种拖拉机零件，自己完全能调整了，并且全部突破了定额。

但是符光尧并不自满，他下决心再接再厉，保证大量生产拖拉机，支援农业机械化。

第一台拖拉机的下线，为中国机械化提供了巨大动力，随着拖拉机产量的增加，大大促进了中国的农业现代化水平。

后来，第一拖拉机厂又生产了第一台“东方红”压路机。1966 年 9 月 16 日，“东方红”665 越野载重军用汽车也试制成功了。

苏联专家祝贺“东方红”出厂

1959年11月2日，第一拖拉机制造厂苏联专家道钦科撰文，祝贺“东方红”拖拉机的诞生。

苏联根据1955年与中华人民共和国签订的协议，开始为中国设计第一拖拉机制造厂。根据政府的决定，莫斯科汽车拖拉机厂设计院承担技术设计，而哈尔科夫拖拉机制造厂承担施工设计。

哈尔科夫拖拉机厂的全体职工以极大的自豪感，接受了这一光荣的任务。在厂里已经把人员配齐，中国拖拉机厂设计科正式成立起来了。

为了设计像洛阳拖拉机厂这样大的一个现代化工厂，必须绘制成千上万张刀具、量具、夹具和非标准设备图纸，订制数百台高效率的专用机床，重新设计和编制几千个拖拉机零件的工艺过程卡，审查和最后确定拖拉机协作的技术条件。

这些工作之所以必须要做，是因为在洛阳拖拉机厂，采用了很多比哈尔科夫拖拉机厂更新、更先进的设备。

在施工设计还在进行的时候，为了直接帮助中国拖拉机厂的建设者们解决建筑、安装和调整中的技术问题，一批苏联专家来到洛阳。

1957年10月，道钦科来到洛阳，他又见到了过去在苏联实习的中国朋友。道钦科以极其兴奋和激动的心情，看到了自己和同事们在哈尔科夫厂绘制在纸上的东西，已被中国朋友变成美妙的现实。

敞亮的车间已经树立在道钦科的眼前，有的车间开始制造工具和夹具，有的车间开始安装设备。特别是工具车间的工人已开始制造复杂的工具，这是多么值得令人兴奋的成绩！

到了中国，道钦科很快就和厂里的工艺师及设计师们建立了紧密的友好关系，和中国同事在一起共同解决在安装和调整中出现的大批问题。

和中国同事在一起工作，道钦科又一次看到了他们那种坚决完成组织上交给的工作任务，所表现出的热情和顽强精神。

1958 年是不平凡的一年，全厂职工干劲冲天，热情洋溢，充满了无穷无尽的创造力量。安装和调整工作飞速地向前发展；加快建厂速度，改进质量和降低成本等合理化建议，像雪片似的飞来。这一切都给道钦科留下了难忘的深刻印象。

发动机和拖拉机的试生产开始了。无数的各式各样的问题相继出现，这些问题都必须毫不犹豫地很快解决。全厂职工在党委和厂部的领导下，以顽强的精神解决了这些问题。

在建厂过程中贯彻执行了边安装、边调整和边生产的方针，全厂职工在加速安装和调整的同时，又生产了一定数量的拖拉机。

道钦科说：

现在，两万多名职工已经看到由自己的辛勤劳动所制造的果实——用国产的材料、由工人自己的双手制造的“东方红”牌拖拉机已从总装配线一台一台地开出来。这是全厂职工的伟大胜利。

这座工厂在11月1日交工验收，正式投入生产。“东方红”牌拖拉机成批地开向人民公社的田野，开向规模巨大的建筑工地。

洛阳第一拖拉机厂的建成，对中国农业的技术改造，对在十年内在主要工业产品产量方面赶上英国，对提高人民生活水平，以及加速社会主义建设，有着重大的作用。

直接参加中国第一拖拉机厂建设的所有苏联专家和全体苏联人民都愉快地看到，大家共同的劳动已经获得累累的果实，规模巨大的第一拖拉机厂已经建成并投入生产。

苏联专家曼多洛夫对机器的使用、保养和维修，在提出的书面报告中，作了详尽而通俗易懂的说明：

机器未使用前，要经过充分运转，否则会造成磨损，缩减工作效率；要经常保持润滑油和空气滤清器的清洁或及时更换，最好的保养就是清洁……工作结束后，要清洗和擦拭机器，紧固螺栓、键、锲的连接点和支撑圈，换掉磨损的零件，检查仪表、起重和刹车装置；维修时，在一切情况下，机器不能使用时必须保存在使它各零件不致锈坏的条件下，如果能预见机器不能使用的时间过长，那么就应适当地使机器暂停工作，但在此之前，必须修理机器……

道钦科在高度赞扬中苏两国友谊的时候表示：

让我们全体苏联专家预祝“东方红”牌拖拉机在农民中享有盛誉，在农业的技术革命中贡献巨大的力量。让我们在建厂的共同劳动中凝结的深厚友谊，载入中苏友谊的史册，永远常青！祝伟大的苏中两国人民的牢不可破的友谊日益发展，万古长青！

梁军驾“东方红”出现在人民币上

1962年4月，我国发行的第三套人民币，面值为壹元的人民币图案上，有位英姿飒爽的女拖拉机手，她的原型，就是我国第一位女拖拉机手——梁军。

早在1949年，《东北日报》发表题为《我们的女拖拉机手》的文章，就介绍过梁军的事迹。

梁军出生在黑龙江省明水县一个贫苦家庭，艰苦的环境磨炼了她敢闯敢干、不怕吃苦的性格。17岁那年，她说服家人，来到黑龙江省委在德都县创办的一所乡村师范学校萌芽学校学习，她边劳动边学习。《钢铁是怎样炼成的》《刘胡兰》等小说，给梁军留下了深刻印象。

1947年春天的一个晚上，梁军所在的德都县萌芽乡村师范学校放映苏联电影《巾帼英雄》，电影描写了苏联第一位女拖拉机手帕莎·安格林娜，在和平时期开着拖拉机种田、战争时期开着坦克与德国法西斯战斗的故事。

从那一刻起，梁军就立志成为一名女拖拉机手。

1948年2月，为恢复经济，中央决定从苏联进口拖拉机，在北大荒垦地种田。黑龙江省委决定，在北安举办拖拉机手培训班，给了萌芽学校3个名额，梁军第一个报了名。

校长高衡十分为难：“人家不收女的啊。”

梁军问："为什么苏联的帕莎可以，我就不可以?"这一下把校长问住了。

后来，梁军与另两位男同学一起，去了北安。

拖拉机训练班70多人，梁军是唯一的女孩。没有单独的女宿舍，进了大通炕的宿舍，梁军对着镜子把长发一剪，就在男宿舍的旮旯住下了。

当时，领导担心她会吃不了苦，梁军脖子一扬说："苏联妇女能开拖拉机，我为什么不能呢?"

梁军暗下决心，一定要争口气，平时就像男孩子一样，不怕苦，不怕累，不怕脏。很快，大伙儿改变了对她的看法。

白天，摸爬滚打在拖拉机上；夜晚，点着小油灯整理笔记、模拟操作、巩固理论。遇到学习上的"拦路虎"，梁军一定不依不饶，拿下方休。两个多月后结业考试，梁军全部通过。此外，她还掌握了一般性故障检查和维修。

培训时，大家开的是德国产的轮式拖拉机，多用于运输；动真格的时候，握在手里的方向盘，是苏联产的链轨式拖拉机，多用于开荒。

学成后，梁军开着拖拉机在马路上跑，老乡们都惊奇地说："看看，大姑娘也能开铁牛?!"这时候，梁军心里感觉特光荣!

两个月后，18岁的梁军学成归来，她和萌芽学校的两名男学员一起，把3台苏式"纳齐"拖拉机开回了学校。

随后进入开荒。那段日子，梁军永远记得。她说："艰苦的环境能磨炼人的意志。忆苦思甜，我真正地感觉到现在的好日子来之不易！"

1948 年的夏天，梁军他们吃白水煮土豆，睡地窝棚，在荒无人烟的野草岗上昼夜开荒。

那时候为了提高效率，大家就连夜作战，歇人不歇"马"，吃住都在大荒地里。住的是干打垒，吃的是玉米面粥和野菜，喝的是水沟里的水，蚊虫叮得满身是包。

但那时大家似乎根本感觉不到苦和累，一想到国家需要粮食，好像全身被注入了使不完的干劲。

梁军倒夜班，从晚 6 时干到第二天早 6 时。荒野地里蚊子多，她的手、脚、腿被蚊子叮咬得没有好地方，小腿已经化脓流血，直到第二年春天才好。

就是在这样恶劣的环境中，他们坚持开荒 2000 多公顷，并在机械作业中节约油料数千斤。

1948 年 5 月，梁军带着第一个女徒弟，开着拖拉机随垦荒人员挺进北大荒陆家岗，和队友们开垦了 500 垧荒地，盖了十几间草房，把陆家岗改名为萌芽岗。后来，这里扩建成了萌芽农场。

梁军开着拖拉机开荒的故事，渐渐传遍四面八方。人们知道了新中国有了第一位女拖拉机手。1949 年 10 月，在共和国诞生的礼炮声中，梁军光荣地加入中国共产党，同年 12 月，她成为亚洲妇女代表会议的代表。

很多女孩子听了梁军的事迹，都跑到北大荒要学拖拉机。陈亚茹、徐霞、袁如芬等一批姐妹都来了。

1950年6月3日，学校举行了隆重的命名仪式，以梁军的名字命名的新中国第一支女子拖拉机队正式成立，梁军就任队长。

11名队员，5名是驾驶员，5名是助手，管理三部机器。次日，“梁军女子拖拉机队”伴着歌声，突进了荒山野岭。

她们豪迈地高声唱道：

哦，火犁，你是钢铁的战马；
火犁，你是我们亲爱的战友！
你发出愉快的声音：
我们已到开耙的时候！
驾着战马走遍田野，
我们无比骄傲，
我们人人精神抖擞……

在歌声中，拖拉机越开越远，歌声渐渐在人们的耳畔中消逝。从此，梁军带领她的拖拉机队，驰骋在北大荒的原野上。

她们在荒山野岭垦荒，渴了喝阴沟里的水，饿了烧火煮玉米粥，吃水煮土豆，困了就睡在自己搭的草窝棚里，一天劳作十四五个小时。既要忍受蚊虫叮咬，还要防备时常出没的狼。

两年里，以苦为乐、以苦为荣的梁军和伙伴们一共开垦出 1500 垧荒地。

看着自己和伙伴们的拖拉机一走过就是一片肥沃的黑土地，梁军的心里产生了一种强烈的自豪感：“我们是共和国的主人，是开发北大荒的主力军！”

1950 年 9 月 26 日，梁军光荣出席了全国工农兵劳动模范代表大会。作为农业代表，梁军受到毛泽东、周恩来和朱德的亲切接见。

在当时，梁军还带着一个重要任务，就是让毛泽东给“萌芽乡师”题写校名，但当她见到毛泽东那一刻，竟激动得全给忘了。

这样，梁军当晚连夜写信，汇报了学校的发展与现状，并请求毛主席题写校名，她托当时全国总工会主席李立三转交。

第二天，李立三就把毛泽东题写的“萌芽学校”4 个大字，用信封装好拿来了。

1950 年 11 月，《人民日报》发表通讯《新中国第一位女拖拉机手——梁军》。文中这样描述：

> 她们苦战了一年零八个月，开垦出北大荒一片新土地，也为中国妇女打破封建枷锁开辟出一片新天地。

1952 年，梁军进入北京农业机械化学院学习，毕业后，分到省农机研究所工作。回到黑龙江省后，省农机厅把梁军留下，参加省农业机械研究所的筹建。

1957 年，王震将军率 10 万大军挺进北大荒，梁军所在的北京农业机械化学院全体五七届毕业生，还没来得及毕业，就被指派随王震将军来到密山，担任开荒技术指导，开了 2000 多垧地。

1959 年 11 月，洛阳中国第一拖拉机厂生产的第一批“东方红”拖拉机，在哈尔滨举行剪彩仪式。梁军作为女拖拉机手，在仪式现场开机翻地，见证了拖拉机国产化的第一步辉煌。

1960 年，梁军赴哈尔滨香坊农场第三度开荒。开荒是技术活，培训班只讲了驾驶技术而没讲开荒技术，大家就得自己琢磨。另外，机械常出故障，出了故障就得马上修理。没有机械师，大家就得自己摸索。

为了提高效率，不走空车，梁军还琢磨出了内翻法、外翻法和套翻法。

1960 年，梁军担任哈尔滨市香坊区农业局副局长兼和平拖拉机站站长。后来，梁军被调到哈市，从事农业机械化的技术管理工作。

据中国印钞造币总公司的吴先生介绍，每一套人民币的诞生，都与当时的政治、经济、文化、艺术以及科技有着密切关系。第三套人民币于 1955 年开始制订方案，1959 年开始设计，1962 年 4 月 20 日开始陆续发行。

当时，新中国经过了连续3年的经济困难时期，全国上下正大力发展生产力，努力恢复国民经济。

在这一背景下，这套人民币的主景图案选取长江大桥、女拖拉机手、车间工人生产图、炼钢工人生产图等内容，比较集中地体现了当时中国社会以农业为基础、以工业为主导的方针，也反映了社会主义建设的新成就、新风貌。

据当年人民币制版师傅刘大东回忆，人民币设计者都是当代美术大家。美术家罗工柳是牵头人，周令钊负责画图案、花饰，侯一民、邓澍夫妇负责人像素描。

当时，为了画好以梁军为原型的“女拖拉机手”，侯一民没少花费精力。

刘大东说：“还不说人像，单说他到天津某国营农场找的那台捷克造拖拉机，为求最好的角度，他画了两天才满意。”

女拖拉机手、纺织女工走进人民币图案，与毛泽东“妇女要顶半边天”的言论契合，成为中国妇女在社会主义建设中地位凸显的标志。

本书主要参考资料

《建设祖国第一拖拉机厂的人们》苏远 王化幼 蔡华波等著 河南人民出版社

《第一台拖拉机出世了》河南洛阳第一拖拉机厂工人著 中国少年儿童出版社

《我为祖国造铁牛》洛阳东方红拖拉机厂工人文艺创作组编 人民文学出版社

《技术采风集：汽车和拖拉机工业技术经验交流》第一机械工业部第六局第一拖拉机厂工厂设计处编 科学普及出版社

《实习生曲文兰第一拖拉机厂特写集》王化幼著 陕西人民出版社